萤光

杜会琴 著

陕西新华出版

太白文艺出版社·西安

图书在版编目（CIP）数据

萤光 / 杜会琴著. -- 2版. -- 西安：太白文艺出
版社，2017.9（2023.6重印）
ISBN 978-7-5513-1212-7

Ⅰ. ①萤… Ⅱ. ①杜… Ⅲ. ①散文集－中国－当代
Ⅳ. ①I267

中国版本图书馆CIP数据核字(2017)第177780号

萤光
YINGGUANG

作　　者	杜会琴
责任编辑	葛　毅　李明婕
整体设计	任　冲
出版发行	太白文艺出版社
经　　销	新华书店
印　　刷	三河市同力彩印有限公司
开　　本	787mm×1092mm　1/16
字　　数	134千字
印　　张	13.875
版　　次	2015年8月第1版
	2017年9月第2版
印　　次	2023年6月第2次印刷
书　　号	ISBN 978-7-5513-1212-7
定　　价	42.00元

前　　言

相比于浩瀚的宇宙，行走在世间的个体都是微小的尘埃。我们倾尽一生所要完成的不过是行走和仰望，芸芸众生，步履匆匆，为生计，为名利，为情义。或快乐，或艰涩，年年岁岁，忧乐自知。在这行走过程之中，总有一些人会偶尔仰望天空，我庆幸，我就是这样的人——在平凡的公路工作间隙，总会照顾自己的精神世界。不管日常的文字记录的是痛心疾首、深有感触，还是伤花悲月，背后所传达的不过都是不想辜负了这短暂的一生。日常总是尽力想把一个公路工作者的身份和一个情深意长的女人两种角色兼顾起来，虽然常常会顾此失彼，也难免求全责备，更留下了许多遗憾。

一次坐飞机的经历叫我明白，不管我们在地面上看到多么阴沉的天空，然而云层之上，明媚的阳光依旧。透过舷窗看到的云朵是如花儿一样漂亮的造型，突然间就明白了许多的纠结和哀怨皆是因为视角不对的原因。

于是我向往飞越，希望跳出这庸常的日子，感受生命自由地绽放，可是，现实的束缚，失去的无奈，司空见惯，个体的唯美

1

日益沦陷在生活的汪洋之中。以高空的视角过地面的日子本来就不太容易吧。

夏夜里,看到郊外翩然飞舞的萤火虫——虽然微弱,但在奋力飞翔。许是它们的存在叫我找到了精神的依附,于是,我将此集起名为《萤光》。

杜会琴

目　录

001/　前言

情义之殇

003/　衣缘
006/　端午情思
009/　和小鸟相伴
012/　今又重阳
015/　津津有味是儿时
017/　经历高考
020/　老房子
023/　春日,和墓园相遇
025/　缅怀与播种
028/　难忘去年离别时
031/　亲历故园的繁华和荒芜
034/　秋风中的故乡
037/　生命中那些难忘的眼神

1

040/ 乡村,渐行渐远

043/ 心祭十年

046/ 又到粽子飘香时

049/ 葬礼

052/ 乍暖还寒时,你在哪里
　　　——悼念挚友杜志胜

055/ 中秋回家

058/ 最浓的年趣是亲情萦绕

心灵驿站

063/ 安静也是一种修养

065/ 成长是终生的课题

068/ 短信拜年:不能承受的情感之殇

070/ 风口

072/ 高考断章

075/ 距离

078/ 腊月,在熙熙攘攘里感受温情

080/ 铭记师恩　奋力前行

083/ 那些珍藏在贺卡里的真挚情怀

086/ 诗意的灯笼　浪漫的爆竹

088/ 思想的光辉

091/ 他们的现状是我们幸福的标尺

094/ 与紫藤相遇

097/ 桃花缘

099/　瓦是心灵的故乡

102/　我的手表情结

104/　依恋丹江心至柔

107/　与文字邂逅

110/　遗失

113/　又见满坡槐花开

116/　在春天里,与蠃湖相遇

艺海拾贝

121/　带灯:飞翔在暗夜里的萤火虫

124/　神似白鹿　心如赤子

　　　　　——对《白鹿原》里朱先生的形象认识

127/　爱这不好不坏的生活

130/　大胜靠德

　　　　　——电视连续剧《下海》观后感

133/　点点滴滴都是情

136/　感受单纯存在的狂喜

　　　　　——《在路上》读后感

139/　抗洪防灾:"怨天"更要"尤人"

142/　民国时的暖色

145/　那条路,一直飘飞在诗词的长河中

148/　书香里的智慧生活

151/　她比烟花还要绚烂

　　　　　——再读三毛

154/ 提起他,我就会露出亲切敬佩的微笑
　　　——读《苏东坡传》有感

157/ 向曼德拉致敬

160/ 仰望轮椅上的巨人

163/ 一生恰如三月花
　　　——感受纳兰词的浅歌低唱

166/ 油画《父亲》:生命的警醒与思索

169/ 这个秋天,让我们倾听降央卓玛

171/ 《中国合伙人》:很青春,很励志

173/ 走进《诗经》,歌唱最淳朴的爱情

因路结缘

179/ 泪飞飞

182/ 卖西瓜的陕北孩子

185/ 傍晚的诗意

187/ 那年七夕

190/ 那些告别却依然可敬的身影

193/ 秦岭最美是深秋

196/ 施工队伍里的女人花

199/ 兔年的感动和愧疚

202/ 一条镶刻在记忆里的路

205/ 游走在乡间的心酸与感动

208/ 又见樱桃红

211/ 直面贫困

情义
之殇

衣　　缘

　　今年的夏季似乎比往年长了些,单衣单裤穿了很长时间,最近骤冷,又到换衣的时候了,和往年一样,又得整理衣柜,把单的束之高阁,厚的放在方便处。对一个家常女人来说,这是一件常规工作,对我来说,这个过程同时也是一次情感之旅。

　　在女人的一生里,衣服具有非凡的意义,女人和衣服的故事也许有千万种。对我来说,它不仅是传统意义上的遮风避雨之实物,也包含着许许多多和情感相关的故事。今天我整理的时候,就翻出了三件这样的宝贝:一件是母亲的灰色斜襟单衫,十二年前,也是阴阴的秋天的日子,我在极度悲伤的情绪下送别了慈母,整理遗物的时候,我唯一留下的就是这件衣服,它是母亲的最爱,母亲曾穿着它站在路口等我回家,风中的母亲身材微胖,白发飘飞,远远的,只要看见那个灰色的身影,我就知道,母亲在那里了,心底涌出的是无尽的踏实和温暖。这件衣服来到我家之初,我也曾穿着它对着镜子,寻找我和母亲的相像之处,也曾在深夜里因为思念母亲而抱衣痛哭。万能的时间日益消散了思念,这件衣服就这样静静地待在我衣柜里,如母亲的内敛和沉静。另

3

一件是初识时老公送我的大花衬衣，这是一件买回来就很不合适的衣服，首先它很大，大到我怀孕时都穿不成的地步。其次它很难看，色彩绚烂到人难以接受的程度。第三它样式很繁复，极不符合我喜好简单的个性。然而，它是老实憨厚的老公在同学的陪伴下，在西安千挑万选才买到的。初次见面前，老公还是军营里一个不谙世事的小军官，别人介绍了我的情况，我倔强的个性特点他记下了，我家庭的清贫他也记下了。同样在小时候缺吃少穿的他以为一个女孩子会对一件花衣服有多么的向往，于是他用月工资的多一半买了这件衣服。我当初收到时，确实很生气，只是鉴于他的良苦用心勉强收下了，然而二十年的婚姻生活叫我逐渐明白：相知是相伴的前提，一切的礼品若只是迎合和形式，就没有任何意义了。第三件衣服是一件极时尚的短裙子，它典雅的蓝白相间小格子是我的最爱，是女儿高考结束后，首次放单飞到张家界旅游途中为我买的，回来一看很喜欢，一穿却太窄。狡黠的女儿说："就是要给你置办一件心仪却穿不上的衣服挂在衣柜里，时时提醒你减肥，这是比任何提醒都有效的警示，这样我到学校了才安心。"听了孩子的话，我羞愧难当，暗下决心要把身体锻炼好，为了自己也为了孩子。一年的时间过去了，这件短裙还是挂在那里，看到它，就想起女儿的懂事，也为自己减肥无果而懊悔。

　　这三件衣服，于我都没有使用价值，因为它们都穿不成，但是每一件的后面都连着一个至亲的人，我的生命也因为它们而变得富有。

　　平凡的生活,因为这些简单的衣服存在而充满了温情,它们普通的质地,简单的样式,不是华服胜似华服,熠熠闪现的情感之光照亮了自己平凡的生活之路。看到它们就会想起自己的过去,因而更加感恩自己的现在。不管未来如何,都要认认真真地面对,唯有如此,才对得起那些至亲至爱的人。

端午情思

满街出售的粽叶都在提醒着我们:端午节就要到了!

家属院里那些阿姨也在不停地把一捆一捆的粽叶往家里搬了,她们已经开始为儿女们营造端午的气氛了。虽然端午节作为一个传统节日,有着它独有的文化意义,可是在我们的童年时光里,并不懂这些,也没有心思去关心节日背后的意义。只知道早早地就要割艾叶,在身上涂雄黄酒,带花色绳子,然后就是吃粽子了。

那时候,我的老家房后长着很多的艾叶,每到端午节那天,我们照例是要割很多,用架子车拉着到街道上去卖。别人家都是第一天晚上就割好,然后再分绑成一小捆一小捆。而我们家,因为母亲坚信艾叶的香味是与时节相关联的,她说不到端午当天就不能割,所以我们只能在头一天准备好镰刀和绳子,第二天天微亮就要立即起床去割那带着露水的艾蒿,然后快速分绑,走到街道上的时候,通常天已大亮了。记得那时我和小哥是最爱和母亲一起卖艾蒿的,一则因为年龄小比较新奇,二则也因为可以从卖得的收入里得到一点点的好处,比如一个棒棒糖,一个小发卡之类的奖励。在物质奇缺的年代里,一件小小的礼物都显得那么的珍贵。

哥哥们相继结婚以后,每年就只有我陪着母亲去卖艾蒿了。那时家里已经不太困难了,可是善良的母亲认为卖艾蒿就是给别人送"爱"。她不在乎卖多少钱,只把这个节令的卖艾蒿活动当成了一种习惯。

我结婚以后,母亲就再也没有干过卖艾蒿的事情了,她又把端午节的重点放在了包粽子上。母亲熟知我不爱吃豆子,特意包些不放豆类却混杂了红枣或者豆沙的小米、大米粽子,用不同的线捆上作为记号。端午当天一大早,当我还在睡梦中的时候,总有一个哥哥或者侄子早早地来按响我家的门铃,我睡眼惺忪地开了门,接到还带着热气的粽子以及母亲特意绑好的一小捆一小捆的艾蒿,我在一股幸福而又自豪的暖流围绕下把那些艾蒿分放在同一单元的邻居家门口,然后就开始享用母亲送来的粽子了。在很长的时间里,母亲细致入微地呵护是我在婆家人面前最大的骄傲。

自从2001年秋天的某个日子起,这一切的温暖和记忆都戛然而止了。这个世界上,那个最疼爱我的人走了,从此,我的端午节成了一个与泪水相连的节日,尤其是见到那些极具象征意义的艾蒿、粽子、香包等的时候,我都会想起过去那些有母亲陪伴的节日,自己是多么肆意地享受着母爱的博大。

去年我的挚友母亲去世了,端午节的早上,我去他的办公室看他。中年的他一个人坐在沙发里喝着闷酒,见到我,他无限忧伤地说了一句:"从此后的端阳节，再也收不到母亲亲手包的粽子了。"就这一句话，一下子就拉近了我和他的距离,因为此时此刻我们想念母亲的心是那么的相似。

正是因为有了母亲的存在，所有的节日无疑才更加具有了亲情的温馨,而母亲的离去又使我们倍加感念亲情的可贵。在一年一度艾叶飘香的日子里，我们只有细细地回味母亲的无私、宽厚和博爱，并以此寄托对已身处天国里的母亲深深地怀念。

和小鸟相伴

家里灶房的水池上面，建造时预留了一个小洞，可能是叫住户安装换气扇等东西用的。我们家里那个地方一直闲置着，没有想到，三年前的夏天，却叫一只用心的小鸟给看中了。

那时我每天中午下班以后，在灶房里手忙脚乱地准备一家的午饭，有一天女儿因为没有补课，在旁边给我打下手时，发现了那个落脚的小东西。孩子的细心叫人佩服，她不仅一下子就发现了这个也许已经来了几天的"客人"，而且踏着椅子爬上水池子认真地观看了鸟的状态：那是一只孵蛋的、美丽的、就要做妈妈的鸟。

这个发现叫我和女儿都心生温柔。害怕这个通透的洞使小鸟感到不安全，女儿拿出了珍藏的紫色皱纹纸，细致地为它堵上了靠近灶房的一侧，这样，这个小洞就成为一个安全的住处了。后面的日子，我也开始注意这个就要做母亲的"异类"，在灶房操作的时候，我刻意保持着安静，尽量不制造出刺耳的声音。在池边洗菜时，也会很好笑地问候一下这个陌生而辛苦的朋友。

女儿在繁忙的备考阶段，也始终惦记着那只鸟。一天开饭前,她又爬上去通过那张纸向外观看,看见了刚刚孵出蛋壳的小鸟。我忙着炒菜,孩子拿出手机拍了照片给我看,是两只怯生生的小家伙,女儿把新做的米饭小心塞出去喂它们,结果下午发现,米饭基本未动,赶紧到网上查,才知道鸟类的第一食物是虫子,生物知识的缺乏使我们都很沮丧。

接下来的日子,我们对外面的小鸟维持着适度的关照。孩子不时地观看和拍照,有时也用人类的语言和它们说上几句话,它们的存在使得女儿紧张的高考时光充满了温情,也使我心里悠然升起一股母亲的责任和自豪感。

九月以后,女儿去西北大学了,家里一下子冷清了好多。孩子在学校里打电话来,有时也会问起和鸟儿有关的问题,听着窗外鸟鸣声声,我也有一种相互陪伴的温暖。

今年五一,已是大二学生的女儿回来了,在灶房和我一起做饭时,再次听到了近在耳旁的鸟鸣。她刚刚看了一篇关于燕子的文章,于是坚定地说,外面的鸟就是燕子,春天回来秋天去,不离不弃恋旧窝,和她一样。

女儿的坚持叫我想起了小时候在农村生活时,每年春暖时,总有燕子把窝筑在我们的房梁上。乡下人都说,燕子是勤劳鸟、恩爱鸟、仁义鸟,再捣蛋的孩子也对燕子爱护有加。乡下孩子的心就是随着燕子在故乡飞翔的。燕子与人同居一室,相敬如宾,这种保持着一定距离的尊重和爱是两种生物共处的最高境界。我生命里最初对美的感悟就是来源于燕子,它们悦耳的歌唱、温柔的呢喃,或婉转或激越或甜润的交流,真的会照亮一个人心灵的晨曦,进而酿成精神的美酒。

　　燕子是候鸟,决定它来去的是温度。年复一年,只要主人家里没变化,它就一定会到老地方。孩子也是候鸟,决定他们来去的是亲情,父母在哪里,哪里就是最温暖的窝。只要心存爱意,不管窗外是燕子还是其他鸟,我都会如对待孩子一样善待这些可爱的生命。

今又重阳

重阳节是母亲的生日,自 2001 年秋季母亲去世以后,这个日子年年都和思念连在一起。今年的重阳节适逢国庆长假,早上还在床上就收到了朋友的祝福短信,才猛然记起节日的另一个意义。看外面秋阳高照,是个难得的好天气,立即决定走山路回一次家,到母亲的坟地看看,已经有好久没有去过那里了。

换上了运动服,心情有些闲有些伤感,一个人走向了回家的路。经过花店时,看见了大簇大簇的菊花,散发着幽香。记得母亲刚刚离开时,我曾手捧菊花哭得像个泪人,今天就再买一束献于她坟前吧。

走在回家的小路上,思绪也随着阵阵花香飘回到了多年以前:我女儿小的那几年,老公在外地,几乎每个礼拜天我都要用自行车载着孩子回娘家。母亲那时最是高兴,必然早早准备好了饭菜,在路口盼着我们。饭后,她肯定要带着女儿去别家串门,叫我在家里午休。对于平凡如灰姑娘的我,回家后那种公主般的骄傲是母亲给的,她用浓浓的爱为我营造了"大驾光临"的气氛,吃的是家常饭菜,可那绝对是我最喜欢的。母亲为我取出了一件普通的睡衣,那必然是我最钟爱的花色和款式。下午饭后,就该回家了,这时的母亲一定会准备好自己地里的各类蔬菜,按采摘的顺序在袋里写上1、2、3、4的记号。她知道我的粗心和忙乱,叫我按顺序吃。母亲是个文盲,只会写1到10的数字,却把仅有的知识发挥到极致。母亲听人说秋季采摘的野菊花晒干后做成枕芯可以明目清脑,竟拖着残疾的腰,迈着蹒跚的步子爬上一道道土坡为我采摘了很多很多的野菊花。那种东西不经晒,我不知道干后可以装一个大枕头的菊花,新鲜时是多大的堆垛!母亲死后,我才意识到再也没有人那么认真地为我做这样细致的小事,生活中属于母亲的方式从此绝迹了。

因为满脑子想着那些温暖的过去,一个人的路程走得很是利索。很快,一转弯就到母亲坟前了,令我万万没有想到的是,我的老父亲竟然坐在那里。我没有料到能在这里相见,我从小路来是不经过家门口的,而父亲,平日里少言寡语的83岁老人是个腿脚极不方便的人,他一般是走不了这么远的路的。"今天是你妈的生日,我来看看,你咋从山上下来了?"我强忍着泪水从地上捡起拐杖,扶起父亲。"放假了,我回来看看。"父亲颤巍巍地站好后,我小心地把手里的菊花放在母亲坟头上。本来准备了很多的话要向母亲诉说,可是当着父亲的面我一句也不能说。在活着的亲人面前,我们都得忍着对离去亲人的思念,否则,悲情是会传染的。面对风烛残年的父亲,若我痛哭流涕,肯定会引发他的伤感。母亲离去已经十年了,这漫长的孤单日子对他来说是多么的难熬啊!

　　我搀扶着父亲,平静地说:"我还没有吃早饭呢,咱们回。"父亲长叹了一声,哀伤地说:"回,看看心就安了,我也快了。"这一个"快"字像一根鞭子猛抽了我一下,十年来,我们兄妹所做的一切依然对抗不过他的孤独和厌世。他内心深处是怎么想的,谁都无从知晓。暮年的老人像口岁月的枯井,一日比一日沉默了。所以听见他的话,我无言以对,只默默地走着。

　　父亲及时转移了话题,又问我女儿和丈夫的近况。而我的心绪还被悲凉占据着,看身边落叶遍地,听耳边秋虫呢喃,年年重阳,今又重阳。四季有序而人生无常,生老病死本是生活的常态,可亲人之间因为有亲情牵着,才使离别充满了揪心的痛,唯有这生的陪伴是可以把握的。所以善待亲人,扶老携幼,关爱别人,好好生活对我们来说比什么都要重要。

津津有味是儿时

"吃"是中国人过年一个绕不开的话题,说起过年的吃食,就想起了小时候在家里吃的两样难忘的食物。一是"面肉",一是素小炒。先说"面肉",其实它不是肉,只是在困难年代里,乡下人为了慰劳自己,用糯米做的一种在口感上类似于肉的甜食。我的母亲是个甜食爱好者,所以腊月里做"面肉"是我们家的常规动作。母亲先是把糯米用水泡上一段时间,然后将泡好的糯米再加上少量的面粉平摊在笼屉里,用柴火蒸,直到厨房里弥漫着浓烈的糯米香味,就预示着"面肉"蒸熟了。接下来,用铲子将蒸好的糯米和面粉的混合物使劲地搅拌,越均匀越好,拌好后将他们平铺在案板上,待冷却后用刀切成一个一个的小方块,再放到油锅里炸,看到表面焦黄马上出锅装盘,浇上事先准备好的蜂蜜水或者白糖水。这样一盘又黏又甜的"面肉"就做好了,嚼一口,准会甜到心底里去。

另一种素小炒是个极其寻常的家常菜,就是把自家生长的绿豆芽、红萝卜、粉条三种食材备好,用葱、姜、蒜、红辣子丝、花椒等,按照一般炒菜的做法简单混炒即可。记忆里就在哥哥们相继成家后,有很多个年夜饭都是我和父母三个人过的,不管别的菜咋变化,以上这两样一直都保留着。那时候的父亲和母亲心里是平静而踏实的,儿子们都已娶妻生子,最小的女儿尾巴一样随在身边。而我,早早就应心地将小桌子搬到炕上,盘腿而坐,盼着快些开饭。等简单的饭菜上了桌,我就开始美滋滋地享用起糯米的香黏,绿豆芽的脆香,红萝卜的艳丽,粉条的柔软了。父母亲看着我的吃相,眼里是无尽的安详和慈爱。

母亲过世以后,家里做"面肉"的重任落到了二哥的肩上。他每每腊月里就做好、炸好,送给兄弟姐妹们,我们过年吃的时候,只要加热即可。不知怎的,二哥做的总也没有母亲做的那种地道的香味。而另外一种素炒菜,在不同的地方,只是食材稍有变化,每个地方都会有当地的小炒,这些年,虽吃过无数,就是再也没有吃出过儿时家里的滋味。

据说,人的味觉是有记忆功能的,它珍视过往,拒绝遗忘,童年的香味,总是顽强地占据着记忆的空间,尤其是在眼下这化肥、农药和添加剂盛行的时代。虽然各种美食层出不穷,但是追求金钱的鼓风机吹散了我们记忆里的原汁原味。走进饭店,看着一盘盘价钱不菲的美味,不敢想它的来路,倒成了神经质般的怀疑一切。

个体的力量毕竟是有限的,怨也好,恨也罢,日子总要按部就班的过。眼看年关将至,看着超市里、大街上琳琅满目的食材,真的不知道该买什么。只有在感叹中默默地把家里的美味独自回想,结果也只是徒增一些伤感罢了。

经历高考

女儿今年高中毕业,在高考前,我十分天真地认为,只要她考完了,就万事大吉了。在其后的日子里,发生的一切都证明了我以前的想法是十分错误的。

首先是 6 月 8 号晚上,经过和标准答案比对,孩子的成绩大概在 610 分左右,这离孩子的目标相差太远。那天晚上我加班回家,女儿神情十分忧郁,终于忍不住大哭了一场,非常自责、懊悔,担心自己想上的学校已经进不了了。看着女儿的难过劲,我只有用"也许是成绩估算有误"来暂时安慰。

6 月 25 日是陕西高考成绩出来的日子,中午在网上查到了 611 分的成绩,估分后最后的希望彻底破灭,孩子无法接受这个现实,又哭了一场,并发誓说要补读。我和老公面面相觑,不知如何安慰,女儿从小深受老师和周围人的关爱,一路成绩都很好,在朋友圈里,她是一个正面的典型,这样的氛围无形中给了她很大的压力。高考的那几天,她看似平静,实则紧张异常,这个可怜的小大人是那么渴望用极好的成绩来回报所有关注她的人。这几年,每每家里遇事,周围的朋友都来鼎力相助,这种情分孩子都看在眼里,觉得唯有好的成绩才对得起那些可敬的人。

　　成年人都知道,上大学只是人生的起步,以后的路还很长。可是在孩子的世界里,成绩就是一切,周围的形势逼得她像个负重的蜗牛,所以考试才会失利。在家长的心里,首先是希望她快乐,上什么学校都不重要,我们坚信:女儿这些年的积累是不会流失的, 她性格里的好胜和坚强必定会在以后的日子里发挥很好的作用。

　　接下来的日子,不断地有朋友询问孩子的成绩,众人听了都说好,唯有女儿一人自怨自艾,而且每听一次就难过一次,所以,我们尽量减少在家里议论成绩。但是,报志愿时间要求非常紧,得好好和孩子合计这个事情。她先是发脾气说不报志愿,坚决要补读,后在众位朋友的劝说下终于放弃了补读的初衷,决定以现有成绩报志愿,于是又紧锣密鼓准备给孩子报志愿。

　　下来的三天时间,天天熬到深夜,打电话问别人,不断地调整,不断地修正,不断地想获得别人的有效建议。电话打得发烫,说话说到嗓子疼,终于在最后一天的晚上,在网上把志愿报出去了。身边的朋友和同事们不停地问候叫人倍感集体的力量和组织的温暖,可是高出一本线55分的成绩依然在尴尬的范围内。好点的学校不敢报,差点的吧又觉得亏了她多年的出类拔萃,还有地域因素、专业爱好、人文气氛、学校学风、就业出路等考虑,学校的老师也几次在电话里询问和建议。原来以为这个过程很简单,现在才知道是如此的煎熬和复杂。

　　录取开始后,全家在不同的微机上,不断地输入孩子的准考证和身份证号。终于,看见了被西北大学录取的消息,孩子表现出了预料中的淡定和失落,想补读的心愿再次凸显。为了不刺激她,我们有意先放下这个话题,为女儿报了一个舞蹈班,叫她有充足的时间考虑。在众人的说叨和周围同学们志愿纷纷被调剂的氛围下,倔强的女儿终于放弃了补读而愿意去上西北大学了,同时,我们也收到了西大的录取通知书,至此,高考历程全部结束。

下来就是考虑送孩子上学的问题。到了学校以后,是牵挂和思念以及孩子对新学校的适应。四年以后,是再就业的多重考虑,然后是成家,等等。也许,生命就是在这样的煎熬和牵挂里才充满了珍贵的情义和沉重的分量。

老 房 子

秋日里连续的阴雨不仅给陕南山区的公路造成了极大的损毁,也把我家里的老房子给泡塌了。接到家里的电话,我迫不及待地想回去看看,终于等到天晴了,我一早起来就急急地走上了回家的路。

家里的老房子和我的年龄一样大,在我出生前的那一年,也是连续的阴雨,直接导致了我们原来的房子被后面的泥石流冲塌。听大姐说,那年头爷爷和父亲还在外地的深山里割漆,只有她和母亲领着四个年幼的哥哥借住在二叔家里,冒雨请人清理房后的塌方,夜里牵着牛用石碾子磨粮食,以解决请人干活的吃饭问题。经过一个月的苦熬,天晴了,人心里刚刚轻松一些了,却迎来了更大的塌方,这次是毁灭性的,因为房子彻底没了。绝望的母亲欲哭无泪,看身边年幼的儿女,只有忍着巨大的心疼,把父亲叫回来准备重新盖房,于是就有了现在的房子。第二年,我就出生在这个新房里,因为我是期盼中的女儿,父亲特别高兴,据说我满月时他把自己喝得大醉。我想他是因为我这个小幺女的到来,也是因为长期处于养家糊口的煎熬中的暂时放松吧。

在这个只有三间房的狭小空间里，我们度过了贫穷、快乐的童年。我一岁时，大姐就出嫁了，所以我小时候的记忆里只有四个哥哥。我们打闹、争执、嬉戏，但是有父母的爱罩着，有无私的亲情连着，也有大姐好久才回一次家所带的礼物盼着，所以，不管何时回味，感觉都是甜的，心灵都是充盈着感恩和怀念的。童年的艰苦对我们来说更多的意味着坚强的意志品质和丝丝温情，而这一切，都是因为有了房子这个媒介。老房子是记忆的坐标原点，房前屋后，一草一木，点点滴滴无不与之关联。所以，老房子对于长大后离家的人来说绝不只是一个实体，更多的是精神层面的一个宝库和慰藉。父母在，快乐在。房子在，记忆在。

而如今，出现在我面前的老房子已经成了一个废墟，它像一个疲惫至极、绝望至极的人，终于放弃了最后的站立，以最原始的状态卧倒在那里。而站在它面前给它行注目礼的除了我83岁的老父亲，就是我这个与它同龄的中年人，几个哥哥都不在，曾经虎气生生的他们也都是年过半百的人了。父亲说："倒了就倒了，也有些年岁了，你都这么大了，房子里也没有什么值钱的东西。你哥回来了，叫人清理一下，明年还可以种些菜。"看父亲面色竟是那样的平静，按说这个房子是他一生的寄托和幸福的源泉，他应该比我更加的不舍和心疼。难道是母亲死去的十年里，他在日渐一日的孤寂里对一切都无所谓了吗？岁月真是无情而又沧桑啊！

对现在从小生活在钢筋水泥匣子里的孩子来说，童年的生活里肯德基、动画片、漂亮的服装和玩具一应俱全，他们的物质生活是充裕的,可是他们的记忆是苍白的,每次给女儿说起我的童年趣事,她都会听得津津有味而面露羡慕之色。我想这也是因为他们生活在整齐划一的家属楼里, 缺乏对某一特定房子的记忆,生活的程式化叫童年变得无味。我们常常感叹他们是幸福的一代,可他们同时也是精神层面贫穷的一代啊。

　　我的老房子塌了,可是,伴随着老房子的记忆却是历久弥新的。今天是过去的延续,过去被亲情弥漫的那点点滴滴正是我生命的温暖底色。

春日,和墓园相遇

周日一早上山锻炼,回来时,在一个不熟悉的岔道上走错了路,误进了一片墓园。因为是独行,心里开始有些害怕,但是,看见初升的太阳照进树梢,鸟儿欢乐地叫着,脚下的小草正露出浅浅的绿意,零星的桃花艳艳地开着,一切都是如此的安详和美好,遂决定用这难得的一截时光看一看别人的人生。

第一个墓碑就把我惊呆了,因为这里安葬的竟是一个熟人。她是一个二十七岁就遭遇了车祸的年轻妈妈,碑文是以孩子的口气写的:妈妈,您一路走好。当年,我们都曾以无限惋惜的心情谈论过她的遭遇,她的儿子如今已是初中学生了,独她,以年轻的面容定格在这里。

往下看,有夫妻和葬的,有一个还在人世,另一个墓碑独立的。不同年龄段的人都有,最老的活到了89岁,最小的是一个孩子的墓,墓碑是大人写的:宝贝,爸爸妈妈等你回家。细看生卒日期,不免叫人唏嘘不已,这才是一个16岁的男孩,不知是疾病还是出了别的意外。想想父母痛失爱子的悲怆,我忍不住眼角有些湿润。

　　这里是普通人的墓园,我在他们碑前轻轻走过,一个个陌生的名字就像是在闹市中遇到的那一张张陌生的脸。但闹市中的人很冷漠,而这里的"人"却很亲切。正是初春时节,这里的安静衬托出城里的喧闹。清明节快到了,有的墓前放着素色的菊花,也有几个放着山上采摘的野花。后世的人用自己的方式表达着对他们的思念,而他们,果真能感知吗?这里的人再也享受不到人世的繁华了,但那些繁华又会恒久的属于谁呢?16岁太短暂了,可是,多长又算长?

　　在这里,白发人送黑发人的悲哀存在着,英年早逝的惋惜存在着,苦苦思念的悲情存在着,被岁月遗忘的空白也存在着。在这里,人只能感叹命运的强大。

　　我知道,每一个墓碑下都是一个人生,都有一个精彩的故事,这里的故事肯定多过世间。

　　这些年来,多次经历亲人间的生离死别,每每痛苦涕零,悲伤不已,发出无人能回答的天问。到了这里,看看陌生人的遭遇,心境会变得释然,在无常的生活面前,谁都是臣服的孩子。

　　行走在墓园里,心情会变得淡定和坦然,工作中的烦恼,同事间的伤害,世道的种种不公在这里统统都会变得无足轻重。

　　正是因为人生苦短,所以才要奋斗、要努力、要追求。

　　正是因为人生无常,所以才要用真心感知世间冷暖,用真情告慰亲朋至爱,用真意演绎人生精彩。

　　所以要做一个率真、善良、勤奋的人。

缅怀与播种

清明将至,家里打电话叫回去商量给母亲立碑的事情。母亲离开已经 13 年了,坟上的柏树和野草在枯荣间已经历了 13 个来回了,我们也在岁月里日益磨钝了思念,风干了泪水,母亲在我们心里似乎就只变成了一个土堆。

一生都为儿女着想的母亲生前一手安排好了自己的后事,从坟地的选择到自己的穿戴,以及办事的细节都一一交代给了大哥。所以,当年我们用极其顺适的程序安葬了母亲,坟地背靠一面安静的山坡,也是我家最早的老房子所在地。母亲婚后艰难而幸福的记忆都留在这里,周围是满目的树木和野草,坡底还有潺潺溪流,整体氛围非常符合母亲安详沉静的性格。在其后的无数次,我和兄弟姐妹一块来到这里履行祭奠的程序,烧纸送棉衣等,除了参与众人的活动,我更喜欢在周日,绕山路直接抵达母亲的坟前。开始只是为了强化母亲确已离去的事实,后来接受了也坦然了,到这里来,更多的是为了一种习惯,为了释放自己在平日里积攒的困惑和压力。我常会采摘一把野花放到坟前,静静地坐着,默想母亲生前的日子,她所承受的苦难,所忍受的委屈,在贫穷中养大六个儿女的艰难。她和大多数中国母亲一样,勤劳善良不识字,对人无所求,付出不求回报,一生都在传播着慈爱和宽容。从性格的温和与坚韧上说,我们兄妹没有一个人完全继承母亲的秉性,尤其是我,一切的问题都出在自己的内心,那些职场上的误会和委屈,那些自己认为的不顺利不舒心,相对于母亲的人生都显得那么无足轻重。坐在这里,我就要假设这些问题若是叫母亲来面对她会怎样面对和处理,就会发现我和母亲的巨大差别,就会为自己的计较、急躁而懊悔,而羞愧,心里也会一下子释然很多。多年来,我就是这样不断地矫正着自己的人生方向,母亲宛如一把标尺竖在那里,我在与她不断地对比里摒弃了自身的缺陷,朝着她的高度艰难地爬行。

经年累月,我习惯了这样的交流,说给母亲的秘密是真正的秘密,绝不会被出卖。静默间得到的净化和提升是自然的、心甘情愿的,也是可靠的、温暖的。

所以,给母亲立碑这件事对我来说是个十分赞同的大事,我不愿叫城镇化的脚步赶走我心底的祭奠,更不能叫扩张的建筑物阻挡了我遥望的视线。真的不想有朝一日我回去找不见母亲的所在了,那我就彻底失去了精神的皈依之处了。我要给母亲做一个鲜明的记号,让我在未来的日子里,可以来这里寄托我对母亲、对故乡那比生命还要悠长的思念。这个世界上,所有的爱都是沉重的、束缚的、纠缠的,酸甜苦辣、悲欢离合正是生命的分量所在。亲人通过身体,把姓氏、恩情赐予我们,人生拥有亲情,就是福泽深厚。一生再长总有末日。低声呼唤那些远去的游魂,在节日里回来说说话,让急躁的心,偶尔低到尘埃里,与大地同息。

　　清明同时也与雨水相关,虽然城市生活使人丢失了想象和差异,但是再潦草的精神世界也需要雨水的浇灌,所以"清明时节雨纷纷"成了经典之句。这个雨也许不只是自然之雨,还有人们期盼心灵之雨的意思吧。有了雨水,播种就有了前提,庄稼是生命的依托,但是人活着不只需要种植和消耗庄稼,还需要丰富的精神生活。诗意的活着,在现实中更多的是一种奢望,虽然我们很多时候已不知道是什么在养活着我们。当清明来临,当祭奠的仪式感汹涌而来,我们能否慢一点,停下来,想一想那些逝者遗留给我们的品德精华,在真诚的缅怀中收获启迪,用心播种一些真的、善的、美的东西。所谓生的希望,不就是这些吗?

　　清明近了,梨花雪白,桃花绯红,在苍茫大地的绿毯之上,盎然春色尽显。

难忘去年离别时

　　无雪之冬,叫人倍感时间之难熬。在瑟瑟阴风中,又想起了去年全家在痛失哥哥后所经历的痛和悲,算起来已快一年的时间了,该是一周年忌日了。

　　哥哥于去年腊月一天的早上从建筑工地高空坠落,当我们赶到医院时,看到的是已经躺在太平间里的遗容。所有的亲人都懵了,明明是那么鲜活的一个人,明明是那样矫健的身影,但是,此刻,他就是这么决然地离开了我们,独自在新年即将来临的时候,睡过去了,一切都在瞬间终止。

　　哥哥是家里四个男孩中最小的一个,和我最亲,因为他大我八岁,所以没有打架、争斗的记忆。我能记住的都是他对我的关爱和照顾,记得晚饭后,母亲派活时,我总是和哥哥串联好,以便于他能够顺利的被分配到看管我的任务而不用去割草放牛等。等那几个大的出发以后,我和哥哥兴高采烈地拿出我们自制的手推车,其实就是两根木头,中间加几根横梁,类似梯子,前面加个滑轮,我坐在上面,手里拿着心爱的花手绢,里面包着母亲煮的小豆,哥哥在后面推着,就开始了下午最惬意的玩耍。偶尔也有乐极生悲的时候，我就清楚地记得他把我和手推车一起推到了一条水沟里，我翻得满脸是伤，最重要的是花手绢不见了，于是，夸张地哭个不停。母亲知道后，对哥哥一阵怒吼，还装作要打他的样子，哥哥吓得一阵狂奔。

还有一次是我和哥哥去扫树叶，那时候农村的灶都是烧柴火的，秋冬季节的落叶是不错的燃料。刚到一个深沟畔，哥哥突然说："我们不扫了，快回去吧。"把我往背篓里一放，背起撒腿就跑。到家门口后，哥哥累得满头大汗，才说是看见了石头底下一个很粗的尾巴，估计是个大动物，怕我害怕才没有说明，现在想起来哥哥是多么善良而又负责啊。

哥哥当兵入伍后，家里人都很高兴。送别那天，我看着穿着军装的哥哥威武潇洒极了，心里突然舍不得他走，就一直跟着新兵的队列，最后都和家人走失了，找我费了好大的时间。哥哥到部队后，邮寄来了他的训练照片，母亲自豪地给邻居们看着，设想着他会有多么辉煌的未来。

哥哥转业成家后，日益感到了生活的压力和不如意，只好把养家的主要方式定位在了在建筑队打工这样一种模式上。因为细致耐心，哥哥在业内人缘极好，大家都敬重他，说有他就有主心骨。谁料想，一场意外就这样不期而遇。他的徒弟们都想不通，哥哥作为一个资深的脚手架操作者怎么就出了意外，而且是那么彻底！

事发后，我们兄妹在极度的悲伤里，和建筑队论理，追究安全设施配套等细节。但是，残酷的现实叫人无语，大量形同虚设的管理环节,不良商人的侥幸心理,利润最大化的个体追求,使得这条说理之路艰难至极。看着儿女们悲痛欲绝的状况,年迈的父亲以常人难以想象的坚强终止了这场争论,叫哥哥入土为安了。

丧事结束后的很长时间里,我都处于恍惚之中,总是不能相信,哥哥真的离开了我们。仿佛,还如小时候玩捉迷藏一样,机智的他只是把自己藏得我们都找不见了。只有回家之后,看到镜框里他孤寂的遗像,家里一片肃穆的氛围,方知,今生的永诀是真的真的发生了!

手足情深难相忘,天人永隔最凄惨,愿哥哥在九泉之下安息!

亲历故园的繁华和荒芜

这个周日,因为堂哥的儿子结婚,一早就走上了回家的路。家里,是一如平常的热闹,堂哥的房子是新盖的,家里收拾的颇具现代气息,儿子也是英俊帅气的。众乡邻中女的在帮忙干着灶上的活路,一个年龄快 80 岁的叔父还带领着一群年轻人在敲鼓凑兴。我和老公吃了一碗香喷喷的臊子面后,就没有具体事情可干了,于是带着他漫游于故乡,也借机回味我的过往。

也许故乡永远是游子灵魂深处的依靠,这个游走刚一开始,我就陷入了莫名的感怀里。走在通往小学的路上,不认识的相邻热情地指路并劝我不要去了,说那里早已荒废了。可这倒越是激起了我要去看的决心,因为我的小学记忆是最美好的,那时候的老师现在还记得很清楚,校园里的一桌一凳,一草一木,现在还会偶尔入梦,那个老式的铃铛,拉起来响声脆脆的,兵乓球案子旁边是一个水井,我们劳动课就是给老师的厨房里打水,手摇辘轳的感觉似乎还很熟悉呢。

这样想着,就来到了操场边上了,这里如今已是一片菜地,荒废的学校早不需要操场了,大门锁着一把铁锁叫人看了冰冷。

31

触景生情的感觉不太好,又往回走,沿着那时候上学的老路的痕迹,看见的全是钢筋水泥的新房。门前停放的摩托车、小轿车司空见惯,老路基本没有了,那时候上学途中必经的一片芦苇荡已全然无存,取而代之的还是新房。在路旁的树下,我碰巧遇见了一位婶娘,她的女儿和我是小学同学,所以印象深刻。初见时我诧异于岁月对她的刻画,三十年的时光已把一个动作麻利、勤快劳作的母亲风蚀成一个头发稀落、身材矮小、弓腰拄拐的老人了。那时候,我经常在她家里吃饭,她做的手工面是最香的。我上前主动介绍了自己,她脑子还算灵活,马上记得了我,热情邀请去家里,我没有犹豫就跟上走了。她的家还在老地方,通往她家的路也是没有变的,路边上芳草萋萋,一片春日的繁荣,只是这路上的一老一少早已不是旧时模样。

到了门前,婶娘热情依旧,端凳子、倒水样样都要亲力亲为,絮絮叨叨间说起了过去,也说起了她的儿女。一个母亲,一个经历了饥寒交迫的母亲对现在的一切都是满足的。她眉宇间露出的是真切的欣慰和满足,此时此刻,没有什么比一个母亲的欣慰更动人。我傻傻地听着她的讲述,感叹着世事变化,也暗想着若我的母亲还能活到现在,一定也会是这般满足吧。

我又问起了一些说得上名字的长辈,婶娘伤感地说起了一些故去的,一些得病等着大限来临的,还有一些恓惶度日的。她家的对面就是过去最集中的居住地,也是我们儿时的乐园。我清楚地记得我们玩捉迷藏时,我是怎样被狗咬住了裤腿,吓得魂飞魄散,狼嚎一般的哭声响彻了山野,引得周围的人都来围观,大人们还把狗毛烧焦了敷在我的伤口处，说是可以预防破伤风之类的。

通过茂密的树叶看过去，对面的家园房子大都破败得很，因为没有人住，加剧了房子的衰落。水泥路通了以后，人们都热衷于撵路去了，为了行车更方便，人们舍弃了旧时山坡上的故园，追逐着路边的弹丸之地，也有为了一寸地界大打出手的。

在我看来，路边的新家是没有记忆的，更谈不上厚重。对于一个嫁出去的女儿，儿时的家园承载了更多的精神记忆，而这一点，生活在这里的人们不会有我这样的感受的。

告别了婶娘，我落寞地走在回家的路上，那些属于个人的记忆，会随着那个时期的人的减少而日渐荒芜。身边的孩子们如韭菜一样一茬接着一茬，总有一天，他们会不认识我这个归来的人，那时候，我回来还有啥意思呢？！

秋风中的故乡

　　一大早,心阴沉着,因为昨晚老家打来的电话,惦着今天是叔父下葬的日子,急急处理完手头的工作,就坐上了回家的车,走向通往故乡的路。

　　叔父是父亲的亲弟弟,比父亲要小 15 岁。这个 69 岁的农民,在误诊的可悲前提下,以人们没有想到的速度,结束了贫苦、劳碌的一生。按农村的习俗,倒下头后放了五天,我因出差在外,今天才是第一次回来。

　　迎接我的,是乱轰轰的送葬人群和叔父定格在镜框里的遗像。看着那口沉闷的棺材,想着从此后就是阴阳相隔,我终于还是没有忍住决堤般的泪水。哭声迎来了乡亲们的关注,有很多人不知道我是谁,有很多人分不清我和堂姐们,熟知的邻居详细地介绍着,在众人的安抚下,我和大家一起走在了通向叔父坟墓的队伍里。在哀乐声中,按部就班地实施着送葬的程序。我融会在人群中,在悲伤里接受着久违的乡情和亲情。

　　通往坟墓的路途比较远,所经过的,都是我儿时非常熟悉的地方,田野间的沟沟坎坎、一草一木于我曾经是那么的熟悉,"八

亩地""桑树坡""雷家坪"。这些名字在我20岁以前,是生活里最
最平常的地方。如今,许多地方都变了样子,因为滑坡、建房等原
因,这些熟悉的地方以和想象中不同的面目突然出现在了我的
面前。我隐忍着心中的惊愕,消化着涌起的感伤,在冷风中,独自
接受着岁月的沧桑巨变带给心灵的巨大冲击。

这个生命中唯一牵肠挂肚的地方,身临其境,满目收进的,
竟是这般的破败和残缺:荒芜的土地,落寞的柿树,无精打采的
玉米杆,还有已经失去青春风采的野草。我知道我虽然拼尽全力
走入了城市,成了乡亲们羡慕的城里人,但在日渐荒芜的心灵深
处,幼时贫穷而快乐的生活才是安慰心灵的梦。在琐碎的日子
里,但凡遇到些什么伤心悲痛的事情,夜里就会梦到回到这里。
梦中的场景都是幼时模样,我竟还是一个扎着小辫、背着背篓的
姑娘。梦里,总会看见弓腰劳作的母亲和勤劳的乡亲,总会走进
郁郁葱葱的庄稼地和青草堆。半夜醒来,是越发的难受和伤感,
我知道,故乡于我,已变成了一个符号,一个精神世界里的寄托
了。

叔父的坟,就建在原来的老屋庄基上。这里曾是我们儿时的
乐园,后来,因为水泥路的建设,农村人都一窝蜂地把房搬到了
大道边,这里,一天天变成了被人遗弃的地方,堂兄把房子搬走
后,这里留下了一些没用的残垣断壁,更增加了观感上的破败和
零乱。

这个土坎下面,就是我们家的老房子。因年久无人住,荒草
丛生,一树一树的红柿子像灯笼一样可爱,他们还卫兵一样忠诚

地守护着家园,就是再也无人问津,只能自生自灭了,远处看去,更像是一副老电影里的剧照。房子山墙南面,是母亲和四哥的坟,母亲离去已经十一年之久了,四哥去年冬天遭遇不测,成了我们兄妹中最早过去陪伴母亲的一个。他坟上的土还是新的,不舍和疼痛依然盛在我们全家的心里,只有依靠时间去抚平。

此时此刻,我真切地感到,我们每一个人与故乡的关系,幼时是和亲人相处的快乐时光,而晚年,大约就是面对的那一座座坟茔的孤独了。现在还活着的亲人,将来,一个个都要安葬在这里,用躯体守卫家园,直到自己也变成风,变成一粒尘埃。

生死之间,几千年来的轮回就是这样的简单和平常啊!看不透的是我们眷恋而幼稚的心,而看透了,也就是年长了、苍老了吧!

生命中那些难忘的眼神

一

到今天,我已是一个 17 岁女孩的母亲了,最难忘我结婚那天父亲的复杂目光。当初,父亲对丈夫的评价是:这个小伙子可以托付终生,但是配我的女儿,还是差些。现在想来,在一个父亲的眼里,女儿就是仙女下凡,现在要跟一个外人走,什么样的小伙子看着都不太顺眼吧。

婚礼结束,宾客散尽,我和丈夫送父母回家,母亲欣慰地挥着手,而父亲,他脸上的笑容非常勉强。而当时,我有一瞬的诧异,但我没有多想——怎么可能多想呢?我是幸福的新娘,新的生活即将在我面前展开,我的心里充满了向往和期盼,而把父亲的感受置于脑后了。许多年以后,才隐约了解了,父亲当初的眼神不只有祝福,还有更多的担忧和不舍在里头。父亲一时半会还不太相信自己的小女儿就要成为另一个家庭的主人, 就要开始承担责任了,他一定是在担心:当女儿遭遇挫折和困难的时候,有没有人给她依靠和温暖?以后的日子里,她还能不能像在父亲跟前那样得肆意和任性?

二

一个周末的早上,我睡到了自然醒。睁开眼一看,那个瞬间,我看到了什么啊,我一辈子都不会忘记,那是女儿的眼神:带着无限的喜爱,还有好奇和探究。她自己先醒了,此刻正伏起上半身静静地俯视着我,大概是想妈妈睡觉的时候原来是这个样子的啊,或者还是在犹豫着该以怎样的方式叫醒我吧。

那个时候,女儿也就一岁半的样子,每天里最喜欢和我一起玩,缠着讲故事,常常会情不自禁地跑过来抱着我的脖子说:"喜欢妈妈。"然后在脸上亲一口。这个时候,我相信天下所有的母亲感觉都是幸福的。她不知道,在她睡着的时候,我是如何满怀慈爱地凝视她可爱的脸庞,细数她浓密的睫毛,谛听她均匀的呼吸。为她掖被角,给她赶蚊子,对她怎么也看不够。她也不知道,每天早上我起床后,是如何轻轻地爱抚她,端详她,然后蹑手蹑脚地走向厨房去为她准备早餐。

在这个美丽的早上,在我们蜗居的小居室里,随着我的快乐叫声,刚才还在悄悄凝视我的女儿,马上笑开了花,甜蜜地投入到我的怀抱,将脸庞在我的脸上蹭来蹭去,她那清亮清亮不带一丝污浊,充满了爱的眼神,成为了我一生最珍贵的收藏。

三

大学里,有一天我当值日生擦完黑板回到座位上,我的一个女同学对我说:"你在上面挥舞着手臂,下面有一个人,始终盯着你看,那眼神,哎呀,不得了呀。"后来我当然知道了这个男生是谁,也感受到了他那热切而慌乱的眼神。他的眼里有千言万语,心里有千般情愫,却无法大胆对着我说一句话,只是用目光传递着他的心声。而我,是害羞而茫然的,不明了自己的情怀,也不知道该怎样应对他沉默而深情的眼神。因为年轻,做不到不露痕迹,因为胆怯,又不知道该怎样处理,只有不断地用眼神注视着对方,任年轻的情怀在欲说还休中沉默着。

现在想起来,在年轻的时候,遇到过这样深刻的眼神,即使没有发生轰轰烈烈的爱情故事,是不是也可以说,爱情曾经来过?在某一个瞬间,无缘由地想起他的眼神,心里真的还是会有如一阵暖流袭过的美好感觉。

乡村,渐行渐远

初夏,是陕南山中最美的季节。

一场清亮的晨雨过后,散落在山中的村庄顿时焕然一新:郁郁葱葱的绿树合围了青砖灰瓦的房舍,碧绿的麦地闲适安静,就连整个冬天都深藏在灰暗的云层里的山也挺拔起来了,空气里充满着青草的味道,偶尔有一阵阵的花香传来,提醒着人这是真实的人间而不是图画。

这是许多人脑海中关于乡村永恒的记忆。它们大量地保留了我们农业社会鲜明的面貌,这就是淳朴的人际关系和醇和的乡俗。人与人、人与自然、人与社会的关系非常和谐,远离尘嚣,稳定而平衡。所以,封建社会一些奔波仕途经营名利之徒往往在受到伤害的时候,便扭身回转,退归林下,在平静的乡村生活中,穿行清新的庄稼地,流连村头的小溪旁,打扫积满尘土的情操,洁净不甘的灵魂,静静地修复遭遇明枪暗箭饱受人世风雨欺凌的心灵,一窗明月,满屋诗书,沉浸在苍茫的历史中。

所以说,传统意义上的乡村不仅是安放灵魂的故土,也是唤起人诗情画意的地方。乡村既不会冷眼任何一个失意的人,也不会拒绝一个漂泊的异乡人。当你陷入思想的迷惘,沉入一片虚无的情绪时,不由自主地回到乡村,这实际上是幂幂之中渴求用传统道德的主线来矫正自己的思想航向,来拯救自己沦落的灵魂,重新焕发生命的活力,获得精神的力量,鼓舞起生活的勇气和坚定人生的信念!

广阔的中国乡村是知识分子精神的家园。陶渊明是最早坚守乡村道路的代表,他辞官归里,建造了自己的居所,过着"采菊东篱下,悠然见南山"的农家生活,是乡村的广阔和安然造就了我国最伟大的田园诗人;唐代大诗人王维厌倦了侯门生活后,毅然来到了秦岭腹地的蓝田,在这里,他吮吸着思想的甘露,焕发出前所未有的诗情,成为继陶渊明之后又一著名田园派的诗人;北宋大文学家苏东坡一生大部分时间是在颠沛流离的乡村生活中度过的,但是,难能可贵的是他固守着儒家的思想,以极其坦然平静的心态面对各种艰难,陶醉于大自然之中,为我们留下大量千古不朽的经典名篇。

而今天,我们无限悲哀而且无奈地发现,中国农村正昂首阔步走在城市化的进程中, 这个进程势必引起千百年来根植于土地之上的乡村的消失。城市化必然要改变人类生存和居住的模式,林立的楼房,宽阔的水泥路,发达的商业网络,方便的消费,程式化的社群管理成为新农村建设的标志,

而流淌在我们灵魂深处的缠绕着诗意的窗前明月、静夜蛙鸣、一花一草,还有村头那碧波荡漾的池塘却要告别土地,遁入历史,成为我们念念不忘、温馨而又悲凉的记忆了。至于乡村中

那些亘古不变的稳定社会结构，尤其是乡村中蕴含着的那些传统道德思想，我们自然也不希望它像冰封的大地在汹涌澎湃的春潮下逐渐消解，渐次汇入不可阻挡的现代化大城市的圆圈之中。我们诚挚地希望在这个充满迷惘也充满喜悦的乡村生活更生的过程中，我们告别的是无限的带有浪漫主义色彩的诗意，而迎来的是更加美好和谐、极具人文关怀的理性之花。

心祭十年

十年生死两茫茫，不思量，自难忘。

东坡先生的这句词正好可以概括我对母亲绵绵不尽的思念。母亲于 2001 年的深秋离开我们，十年来，每到秋叶飘零、寒风渐起时，我就会想起我的母亲。

母亲是个十足的大家闺秀，虽然是个文盲，但是一生性情温和、为人宽厚，在家族和村里都有着极好的人缘。她 15 岁被一顶大花轿抬进了我们家的门，我的爷爷奶奶对母亲这个城里女子极其怜惜，奶奶坐在山坡上给母亲梳头的一幕是村里人最羡慕的场景。从我们记事起，从来也没有见过母亲和长辈相处有什么不顺的地方，尤其是爷爷活到 94 岁高龄才离世，也是多亏了母亲的悉心照顾。

我是家中最小的孩子，我上面还有一个大姐四个哥哥。我出生后，因是期盼中的女儿，所以深得全家的喜爱和娇惯。童年的记忆里，尽是哥哥们受委屈而我自己称王称霸的细节储存。母亲对我这个小幺女的好，集中体现在我结婚以后，尤其是我的女儿出生以后，她好像是从心理上觉得彻底的轻松了。她爽朗地笑着,风风火火地穿梭在田间地头,70岁还能从地里背回一背篓玉米棒子。一闲下来,则立即穿戴整齐,说起话来细声细语,那样的娴静、知足、平和。我周日带着女儿回家,午饭后陪着母亲去串门,在长辈们的感叹和祝福声中忘记了一切烦恼。邻居们都说,母亲是个福老太太,听着大家的评价,我那慈祥的母亲就会眼睛笑成一条线,嘴里连连说:"福气谈不上,就是儿女们都孝顺。"喜悦和自豪溢于言表。我心里是多么的希望母亲能够长久地拥有这份简单而安详的幸福啊!

然而,好景不长,就在我们都猝不及防的时候,病魔突然降临到了母亲的身上,当在西安确诊母亲已经时日不多的时候,我们都蒙了。我和哥哥站在医院的走廊里,不知道怎样去面对病床上已虚弱不堪的母亲。我们兄妹靠在栏杆上,我泪如雨下,哥哥则不停地抽烟。

从西安回来,母亲只坚持了二十多天,就走到了生命的尽头。在最后的那些天里,她已说不出什么连贯的话,吃得也很少,每天绝望地看着儿女们在病床前走来走去。村里的人,尤其是同龄人都到病床前看望她,她只会用眨眼睛和做简单的手势表示感谢,用最艰难最深情的目光和每一个人道别。

埋葬了母亲以后,有很长时间我都处在恍惚中,特别是一觉醒来,总是不确定母亲到底是否真的已经离我们而去了,也许是潜意识里不愿意它成为事实吧。然而,母亲的坟茔就在那里,我是亲眼看见母亲棺材落下的。很长的一段时间,我每周都要去她的坟前坐一坐,想起自己在母亲跟前的任性、随意、不经心等等。

我总以为未来是无限的，我有的是时间去尽孝，哪里料到老天是如此无情，使我对她许过的许多诺言都没有实现，比如我曾信誓旦旦地给她说，会自己开车走在方便快捷的公路上，让她看遍大江南北；带她坐飞机、坐火车、上天安门等等。可是，看不见的宿命在猛然间就阻断了这一切，只让我在"子欲养而亲不待"的境况里一次次的泪水涟涟。

十年间，时间仿佛白驹过隙，春去秋来一年又一年。每每念及母亲，想起她的为人、处事，给我们留下的那么多宝贵而有益的东西，心里总是伤感而又温馨的。时间逐渐磨平了伤痛，对母亲最好的怀念就是用她那样平和、慈爱、淡定的态度来对待生活。

又到粽子飘香时

满街的粽子和油糕,标志着又一个端午节的临近,这个平常的节日,对我来说,因为两样食物都是母亲的最爱,所以感触颇深。

我小的时候, 记忆中的母亲是健康又忙碌的。每年的端午节,家里都会包许多的粽子,煮在一个大的铁锅里,要煮一夜。因为有了期盼,那个特殊的夜晚,我们都是睡不踏实的,我和哥哥们心不在焉地说着话,心里盼着锅里的粽子快些熟,不时给灶洞里加点柴火,一会儿难耐瞌睡就睡着了。夜间的添柴任务就由母亲完成。第二天天刚微亮,我们就先后起来了,迫不及待揭锅捞出粽子,新鲜的、软软的、香喷喷的粽子迅速就进入我们饥饿而幸福的胃里了。母亲偏爱吃甜食,在炎热的麦收时节,回家休息时,母亲在凉的粽子上面洒些白糖,能吃上这种东西对母亲来说是奢侈的,也是幸福的。她的那种满足是发自内心的,那种时候,疲惫的母亲总要回忆过去没有东西吃时的难过和对儿女的歉疚。我总是不解,吃个这东西,有什么可感慨的呀?而且我是不喜欢吃糖的。所以老是蹭在母亲身边,听着她的唠叨和叮咛。

　　我结婚以后,过起了自己的小日子,却从来也没有自己包过粽子,因为有母亲在,心里知道有人惦记着。每年节日前,细心的母亲必是早早就准备好了一切,到了端阳的当天或者前一天,肯定是指派某个哥哥或者侄子早早带着新煮的粽子和还带着露水的艾草,在我还未起床时来敲我家的门。那时的我是慵懒的,也是幸福的,看着母亲细心做的记号,小米的、大米的、有豆子的、无豆子的,都用不同的线裹着,想起母亲的操劳和细心,心里涌出的是满满的感动和骄傲。

　　然而,好景不长,一场大病导致母亲去了另一个世界,一切的温暖都戛然而止了。记忆中的温馨和香甜变成了一种揪心的痛,那些有明显标志的传统节日更是这样,一物一景都勾起对母亲的的回忆,所以,对于母亲已经离世的我来说,过节成了一种精神的浩劫。记得在某一年的端午节早上,我去一个朋友的办公室里,中年的他正泪流满面坐在那里抽烟,见我来了,无限伤感地说:"今年的节日我还不习惯,早上父亲没有提着新煮的粽子来敲门,仔细一想才记得,原来妈妈已不在了。"朋友的母亲是那年的四月不在的,他的这句话一下子冲击了我敏感的内心,也使我对他肃然起敬。那时那刻,我们是完全陷在一种情绪里的两个孩子,也因此,我们一直维持着珍贵的彼此尊重的情义。

　　现在的超市里,五花八门的粽子可谓是琳琅满目。豪华的外包装,夸张而动人的宣传语,吓人的价格都无时无刻不在提醒着人们,这是一个商品化的时代。可是作为商品的粽子是冰冷的,是绝对物化的存在。虽然制作者也是费尽心机,可是因为没有情感的浇灌,也就失去了精神层面的意义。

所有的节日都是因为情感才温馨的，中国的传统节日更是如此。那满街飘香的艾叶,在每一个深情的人的心里,都会荡漾起温暖而甜蜜的亲情，叫我们倍加感念这人世的美好和情义的珍贵。

葬　礼

　　周日回家,恰遇一场邻人的葬礼。死者已是年近九十的高龄了,所以,乡人称之为"白喜事"。眼观这场葬礼的体面和从容,使我对死亡这件事情有了不一样的认识。

　　首先是哭丧,它是一项必备的程序,后辈中的女性个个都要上场,而且还有暗中较劲的意思。乡人们在一边看着,还要评述看谁哭得好。他们的标准不简单只是看谁的声音大,谁的神情悲戚,哭者需要三大要素:一是呼唤死者的称呼,要响亮准确。二是要夸奖死者,简单总结死者一生的为人,尤其要突出其品德方面的长处,这是叫乡人最感念的平凡之处,比如善待他人、助人为乐、大度明理等。三是要合理掌握气息,把诉说和哭泣完美结合,既不能吐字不清,也不能上气不接下气。那天一个下午,来到灵堂前的哭者无数,只有他的二儿媳达到了以上标准,因而获得了众人一致的夸奖和好评。

　　其次是招待,乡间的秩序意识在这里一览无余,一张黄纸上是分工明确的任务单和交接时间表,所有人按照这个执行,准时交接,秩序井然。看着这个贴在山墙上的黄纸,我很自然地想起

49

了在单位里召开大型会议前的筹备方案。

　　开饭时,有专门的人安排座位,这个也是有讲究的,照既定的顺序,辈分高的、德高望重的坐在上席,尤其是主人家里新老舅舅家方面的人,一律是四方的大桌子,长条椅,古朴中不失威严。其他的就是租来的低桌子和小凳子,离锅灶越近的地方越是不重要的下席,而尊贵的上席则在离锅灶最远的地方。待所有人都坐定后,有一个总管样的人讲话,大概是两个方面的意思,一是代表主家感谢大家帮忙,表达照顾不周、饭菜简单之类的客套;二是主持诸位孝子给众人磕头,那些经多天劳累面无表情的子女等一袭白衣对着大家三磕头。仪式完结后,由各自的舅舅给披上红色的被面,以褒奖他们作为晚辈较好地尽了孝道。这些仪式结束后,才是正式的上菜开饭。

　　最后的仪式是送死者上山。酒足饭饱之后,诸位相邻把死者的灵柩捆绑得结结实实,经过阴阳先生早就勘查好的路线,浩浩荡荡地出发了。孝子们走在最前面,手扶着麻绳,根据亲疏关系决定着离灵柩的远近,越亲的越在跟前。那些抬着灵柩的主要劳力是很辛苦的,他们的艰难程度主要取决于主家的房子与坟地之间的距离,若要上坡下河,雨雪天气则更不易。但是,乡人们是富有智慧的,什么样的状况有什么样的对策,最终都不会影响到逝者的入土。在通往坟地的途中,要休息几次,一般也会安排一些小的游戏,一是为了缓解抬人者的累,二是为了乘机叫逝者的后辈出来感谢大家的鼎力相助,主要是女婿和外甥两类关系要出少量的钱慰劳乡邻们。

在不紧不慢中,葬礼按照既定的程序,在众人的参与下,逝者以体面的方式,与血脉相连的故乡做最后的诀别,安然入土,回归自然的轮回。子女们淡定而平静,乡邻们紧张而有序,人的一生就这样在秩序井然中完美收场。

这样的葬礼,没有矫揉造作,一辈辈的乡人,用淡定和平静应对着生命的来和去,它是一种珍惜此刻而又无所于心的安详,它是一份为每一个死者落泪却不过度悲伤的通达。普通的葬礼,诠释着生命最本真的意义。

乍暖还寒时,你在哪里
——悼念挚友杜志胜

　　因为一个专项工作,我再次来到了你生前的单位,在院子里一下车,看到穿着制服的职工,一下子又想起了去年和你在院子里相遇的情景。那天的你,还是一个刚到任的站长,穿着崭新的制服,一副英姿勃发的样子。活动结束后,到你办公室小坐,言谈间你丝毫没有提及自己的病情,只是说岗位变了,新的队伍难带,压力很大之类的话。

　　那天回来的车上,领导放心地说,把这个新组建的治超单位交给你是放心的,以你在系统各个单位的任职经验和个人能力,相信很快一切就会走上正轨。那天同车的人中,除了我,没有人知道你已是一个患了重病的人。我默默地听着他们的交谈,心里还在幻想着经过这么长时间的治疗,也许你真的会走出医生下的结论,打破医学的边界呢。哪里料到,之后的那个晚上,就听到了你被送往医院的消息。单位里许多人都以为你是突发的心脏病,中心医院迅速聚集了几百人,分散在这个小城市各个角落的同事们,脚步匆匆奔向医院,他们善良地以为自己还能为你做些什么。

当急救科的医生结束了最后一个动作,大家感概、叹息、遗憾,人们不能接受下午还在会议室里的你瞬间就变成了一具被白布包裹的尸体。我站在众人之间,任泪水滂沱,作为你的好朋友,我是知道迟早有这一天的,可当它真的来临,我依然无法接受。

站在寒风中,我眼前过电影似的闪现的是自相识以来你的点点滴滴:在养护单位时,作为办公室主任的你能干好学,是个领导倚重的多面手;2007年4月你走上了机修厂厂长的岗位,时值全局施工单位步入低迷期,你以对事业高度负责的态度和坚强不屈的品质,冷静分析局情和厂情,带领全厂职工扑下身子立足项目一线,奔波在商山洛水间。这期间,我们的联系极少,我只是记得几次见面都是你喝醉之后,你不是一个嗜酒之人,你的醉都是因为单位的难,自己的苦。听朋友说,你曾经被施工中的几个缠事的人堵在自己家里,一周不得安宁,他们住在你的家里,随意吃住,你得有多大的耐性才能克制他们对你个人生活的干扰啊!我难以想象你的坚韧,更无法估量日夜不得安宁的心绪对一个人的健康损害该有多大!正是基于你可靠沉稳的特点,2013年9月,局里任命你担任新组建的杨峪河超限运输检测站站长。在短短的三个多月的时间里,你不顾自身身体的病痛,亲自制定"大学习大练兵"活动方案,陪职工训练、值班,以朴实的职业情怀,在基层领导的工作岗位上兢兢业业,履职尽责,竟在新年刚刚来临之际,参加完述廉会议后,倒在了回家的途中。

在你的灵堂前，同事们更多的是从你的亲人那里了解了你久病的事实真相。可是，想起你在工作中的担当和从容,谁又能看出你是一个被医学判了死刑的人。到生命的最后一刻,你都是淡定的,你坦然面对生死的豁达叫多少人唏嘘不已！

当秋风乍起,落叶飘零,还有多少人会想起你曾经的脚步匆匆。无情的病魔将你带走,可我们……和你一同并肩过的人,会永远记得你对人真诚友好,对事认真负责,把责任扛在肩上,把苦痛深埋于心的不朽品行！我们谁都无法左右生命的长短,可你在 45 年的短暂生涯里，总在努力地拓展着生命的宽度和厚度。你以善良真诚温暖着身边的人,以坚韧担当挑起单位里的责任,你务实干事的优秀品质将被这个行业深深铭记！

中秋回家

中秋节当天回家,饭后带着女儿给母亲上坟,大嫂不叫去,说是烧纸要到太阳下山后,那个世界里的人不敢在阳光下出来的。我不信这些,我坚信到坟前烧纸只是为了表达生者的心意,与别的并不相干,因而坚持买了烧纸去了。

走到老房子跟前了,邻家的小狗叫的人心烦,也说明了我真的亦是一个外人了。坡上的房子几近倒塌,山墙那里已经倒了一些了,残缺的墙角传达的是沧桑和破败。

通往母亲坟地的路,有一段已经不存在了,我们只得从另一个地方绕过去。随着通村水泥路的建成,原来的住户都撺路去了,所以山坡上的路竟被荒草遮得找不见了,我只好手持一个长棍在前面开路了。想起小时候,家家养猪养牛养羊,个个都是草食动物,每天里孩子们的任务就是拔草、割草、放牛放羊等,山坡上的草不等长起来就有小孩子和牛羊来光顾的,常见地皮外露。如今,因为养猪牛羊的成本大,费时费力,传统意义上的农民都进城打工了,农耕文明时代的生活方式正悄然发生着变化,集中体现就是这遍地的荒草,竟成了弥漫之势。

　　我手里的棍子发挥着重要作用,因为无路可走,只得一点点打倒荒草,还要提防草里的蜂呀什么的伤人,所以我们前进的速度极慢,上了一个小土坡以后,就到了我们家的一排排果树下。两个杏树一个已死了,另一个孤零零地站着,很多的柿树都无人理睬,满树的红柿子孤独地在风中招摇。想起家中因为一颗柿树闹了多年的矛盾,想起母亲在世时所受的委屈和屈辱,我心里酸酸的无法言说。争来争去,除了伤情什么也没有留下呀! 在前面就是一排排的梨树,这些可爱的小火梨的味道是我童年极少的对美味的存留。不知道这些历经沧桑的梨树在这里已经多少年了,只记得我小时候它们就是很苍老的样子了。也不知道这几年是否还有果实可摘,老人们说树也会老的,但是树比人长寿,所以我们总是看见人去而树在。

　　梨树的前面就是母亲的坟了,长时间没来,坟里的树和草尽情疯长着。父亲亲手栽植的柏树已经很高了,也说明了母亲离开我们时间之久。十二年了,四千多个日日夜夜,在我们踉跄前行的脚步里,在父亲一日胜似一日的艰难生存境况下,柏树吸日月之精华,尽情生长着。一切看起来安逸、安静、安详,秋阳下,静静地,像极了母亲的秉性和气息,我竟在瞬间变得很是心安了。

　　今年以来因为自己身体一直不好,睡眠质量越来越差,晚上的梦中,不断地出现母亲的身影和各种片段,茫然的我不知预示着什么,不觉也自责起自己的忙乱和疏于回家等等原因。年龄大了的缘故吧,常会想起身边的亲人,这些已经离去的和将要离去的,都将在我不舍的目送里一一回归这里。这里是故园,是我们生命的出发地,也是归宿处。作为家里最小的闺女,生离死别将是我后半生无法逃脱的功课。老天真的是很公平的,小时候,我因为最小所以任性顽皮,享尽了兄姐的宠爱和关照。老年了,最小的变成了责任最重的,不仅要眼见他们的苍老和病痛,还要把他们一个个送走。

我的身边站着我19岁的女儿,这个特殊时代的独生女,完全不知道大家庭是什么感觉,从小就习惯了一个人长大的孤单和自在,不知我老时她又该如何。

生命就是这样一代代地传承着,我们在自己短暂的一生里,感受着亲情的温暖,也传递着亲情,不知不觉间就由小女孩变成了老太婆。时光之快不以人的意志为转移,好好活着,关爱亲人,不负今生,不想来世。

最浓的年趣是亲情萦绕

　　二十世纪六七十年代的农村小孩基本没有什么玩具，我五岁时的那年腊月，四哥为我制作的一辆手推车，我们所经历的事情至今还难以忘怀。

　　那年腊月二十三，四哥突然神秘地对我说："我要给你做一辆手推车，前面再安上滑轮，跑起来美得很。"那时候汽车还是很稀有的东西，乡下的路上基本看不到汽车，听哥哥这么一说，我心里别提有多高兴了。我一面积极应和着四哥的设想，一面从行动上参与制作，同时还要保密，不能让父母和其他三个哥哥知道。我们顶着乡间的寒冷先收集原料，两根长棍，三根短棍，四哥给我比划着将来做成的样子，神情充满了创造的自豪，我傻傻地听着，心里对十三岁的哥哥崇拜极了。

　　原料备齐以后，重要的是把长短棍连接起来。我们没有基本的木工技术，又要秘密地完成，只好躲进了放置牛草的小房子里。哥哥命令我寻找所有可以捆绑的线条状物品，我积极地像只老鼠一样把家里的铁丝、绳子，甚至父亲的绑腿带子都拿来了。我们坐在铡好的玉米秆子上，以最大的力气把五根棍子用五颜六色的线状物连接成一个类似梯子状的物品，最前面的一个横档上穿着一个破旧的滑轮，一个简易的手推车就算是做好了。我和哥哥手脚麻利地把车子埋在玉米秆下面，要不是腊月天家里很忙乱，我们的行为也许早就会被大人们发现了呢。

那时候在农村一天都是吃两顿饭的，午饭后一般是下午三点多，家里的惯例是母亲派活。那天已经是腊月二十九了，当母亲问谁看我的时候，我迫不及待地大声说："我要四哥。"等其他人都各自忙自己事情的时候，我们两个激动万分地拿出我们的作品。我坐在上面，哥哥手持两根木棍做成的车辕，推着我，少年的哥哥神情凝重，我们顺着小路一溜烟来到一块平地里，那里聚集着众多的小孩子。我们在众人的羡慕和称赞里度过了一个自豪万分的下午，我以自己喜好选择着试坐的小伙伴的顺序，可怜的四哥成了一个专职的车夫。不觉间天快黑了，我们急着往回走，疲惫的四哥推不动了，只好把车扛在肩上。走到半路，我突发奇想，非要推着哥哥，他经不住我死缠，就勉强坐上去，我憋足了劲往前一掀，瞬间四哥连人带车从小路上翻到水渠里了。我吓得哇哇大哭，可怜的哥哥捂着受伤的脸从渠里爬了出来，那个之前还拿来炫耀的手推车已经散了架。四哥一边安慰着我，一边拉着我灰溜溜地回到了家里。

第二天就是大年三十了，看着饭桌上脸上带伤的四哥若无其事的样子，我的心里充满了内疚。忙碌的母亲相信了我们胡乱编造的摔跤原因，有关手推车的故事就成为我和四哥之间的秘密。在后来的岁月里，每每想起，心里都会涌起一股无限的暖流。

人生无常，2001年秋季母亲离世，2011年冬天四哥出了意外。两个在我的生命里至亲的人都离去了，围绕着亲人的记忆反倒越来越清晰，尤其是春节临近，再想起那些旧时岁月里经历的过往，一家人其乐融融的样子，那些滋养了生命的亲情。虽然如今已经阴阳两隔，但仍旧萦绕在心头，叫人长久地回味。

心灵

驿站

安静也是一种修养

五一假期的一个傍晚，陪女儿在河堤上散步，突然下起了雨。在跑回家的途中路遇一家砂锅店，为了躲雨我们走进了店里，要了一份砂锅，准备坐在窗前的位子上好好欣赏一下暮春的雨景。这时候又进来了一拨人，大小共六个，两个老人，两个年轻的男女，两个小孩，看样子是一家三代。一进来，那个年轻女人就大声骂着这该死的天气，两个孩子只有两三岁的样子，高兴得满地跑。他们一家人落座后，那女人用高八度的音量给店家要求着他们的砂锅类型，随即又开始打电话，似乎给其他人报告着行踪。

这时候的大厅，除了我们母女，还有一对情侣，另一座上是三个年轻的帅小伙，本来安静的就餐氛围瞬间被这一家搅得荡然无存。虽然大家都觉得不对劲，但是并没有人出面制止。女儿是个喜静的人，一下子就要起身走，可是砂锅已在做的过程中，我婉言劝阻女儿忍耐，想着等开始吃了他们就会安静吧。

一会儿的工夫，砂锅就做好了，麻利的店主为顾客一一端上来后，没有料到的是，那一桌却更闹了。先是年轻女人大声斥责店主错放了辣椒，后面又是年轻的爸爸领着两个孩子在大厅里嬉闹,在他们眼里,这里俨然就是一个游乐场一样。更可气的是,孩子们竟然把别的客人和空闲的桌椅当成了躲猫猫的遮挡,而他们的爸爸,一味追赶着两个幼小的生命,完全置身于喜悦和自豪之中。两个孩子在父亲的配合下发出极其刺耳的笑声和喊声,他们眼里已完全没有了别的客人的存在。我的女儿愤愤地欲起身制止,我只得再次相劝,叫她理解,她生气地说:"这种不知道尊重别人的人就是你们这种老好人给惯出来的。"听着女儿犀利的语言,我只得无奈而尴尬地笑了笑。

在他们的影响下,我们早已没有了临窗听雨的兴致,草草吃完,逃跑一般走出了砂锅店。外面已经全黑了,雨比先前小多了,街道上行人不多,甚是寂静,我和女儿走在毛毛细雨中,讨论着关于公民素质的话题。女儿说:"家教是最直接的素质教育,从小无视别人的孩子长大后多会成为目中无人、夜郎自大的狂妄之徒,对别人的尊重是一切文明的基础。"我听着女儿的话,暗自惊奇这个大学一年级的文科生竟然这样深刻地理解了文明的内涵,不觉间也想起了生活中另外一些不和谐的场面:有人在公共场所大声打电话,有人在电梯间抽烟,有人在候机厅打牌,有人在大街上吵架,如此种种。说小,都是生活中的鸡毛蒜皮;说大,那就是一个人的文明素养。

真的希望,身边的每一个人都明白:公共场所属于每一个人,许多属于私人空间的活动拿到公共场所来演绎是不应该的,传达的就是对别人的侵占和干扰。在大庭广众之中,唯有保持安静,才是合适的,温文尔雅其实就是这么简单。

成长是终生的课题

近看北京卫视新版栏目《妈妈听我说》，见识了许多孩子和妈妈之间的故事，感受颇深。回顾自己做妈妈的经历，那些发生在女儿小时候的一些生活片段过电影一般闪现在脑海。许多具体的事件处理自己都带着很大的主观性和随机性，可惜对错都已被历史定格，孩子的成长是容不得我们后悔和反复的。

对于每一个初为人母的女人来说，真的不知道应该怎样当一个好妈妈。我们的知识修养在二十多岁的时候真的还不足以引领一个幼小的生命，面对嗷嗷待哺的小生命，喜悦之余难免紧张慌乱。我们潜意识里都在重复着自己妈妈的做派，或者效仿着邻居、同学、朋友的妈妈。记得我的女儿小时候非常喜欢狗，多次要求给家里买一只小狗来养，而我自小就听自己的母亲说，养狗不卫生，会给人传染许多病，所以每当孩子一提出，我必断然拒绝，那时丝毫不能想到这个态度对孩子的影响。后来孩子渐渐大了，她用其他方式不懈地表达着对狗的喜爱，只要一看见狗，尤其是经过狗市，面对那些装在笼中的呆萌小狗，她就会停步不前，流连忘返。她一直热衷于买大小形态各异的各类毛绒狗放在床上。她在日记里写到，以后长大了，独立生活的第一件事情就是买一只狗。考上大学后,孩子的思想日益成熟,我也开始反思自己做母亲以来的许多行为。母女间的交流日益跨越了年龄界限,没想到在女儿心里念念不忘的还是小时候关于养狗的事情,她因害怕我的权威而屈服,又因愿望没有得到满足而不甘。我也深感自己完全以个人的喜好左右了孩子的选择,让她失去了体验的机会,像许多年轻的母亲一样以为自己就是孩子的主宰,把孩子当成自己的控制对象,认为既然我生了你,我就有足够的资格为你做主,所以你的一切都是我说了算。

正是鉴于这段经历,所以女儿上大学以后,一切的选择我都不再以个人见识去干涉,尊重她个人意愿,只是适当提醒和引导。她决定竞选学校的赴韩交流生时,我积极支持,经过充分准备,她的愿望得以实现,身边的许多人都不理解,尤其是家里的老人们,可我和老公一直坚决支持。送她走的那天,在机场分别后,自己心里也有一点不舍和担心,毕竟她是去另外一个国家啊。但更多的是为女儿高兴,天高任鸟飞,孩子们应该比我们拥有更开阔的眼界和更自由的选择权利。不管她将来干什么,我坚信今天的经历都将是无比珍贵的财富。

近日读纪伯伦关于孩子的诗:你们可以把你们的爱给予他们,却不能给予思想,因为他们有自己的思想。你们可以建造房舍荫庇他们的身体,但不是他们的心灵,因他们的心灵栖息于明日之屋,即使在梦中,你们也无缘造访。你们可努力仿效他们,却不可企图让他们像你。因为生命不会倒行,也不会滞留于往昔。

生命不会倒行,也不会滞留于往昔——这是人生的残酷,也是生活的珍贵。在这个单行道上，我们的每一段经历都弥足珍贵，每一种体验都绝无仅有。孩子是上天赐给我们的礼物，陪伴他们长大的过程，也是我们自己不断成长的过程。童言稚语是生活的养料，而他们像天鹅绒一样柔软的心灵正是我们的一面镜子，每一个家长都应该学会在和孩子的相处中，发现自己的缺陷，摒弃身上的不足，及时修正自己，完善自己，和孩子一同成长。

短信拜年：不能承受的情感之殇

网络时代，有许多突破了传统的新现象，短信拜年就是其中最显著的一个。

今年春节，从腊月二十九开始，到正月十五为止，我一共收到的拜年短信近300条。总体上分三个类型：一是简单明了型，如：×××祝你蛇年快乐、健康、漂亮之类的；二是随波逐流型，来自于网络的短信，有的做了局部修改，有的则完全照搬，有的甚至连原来接收时的发信人名字都保留着；三是专人专门编发的，比如，多年前的同学，分别很远的好友等。显而易见，第三类最珍贵，第二类最反胃，叫人难过的是，第二类的数量占据了太大的比例。这其中，有的因为没有署名，号码又不熟悉，所以到最后，还不知道那个辛苦操作的人是谁。有的相同的短信内容能收到二十多次以上。

大年三十晚上，相信许多人都是在手机此起彼伏的铃声中度过的，面对这些大同小异、缺乏创意、缺乏真情的短信，也许"回"还是"不回"倒成了叫人纠结的一个问题。你不得不相信，这个技术化的时代，这种便捷的传达方式，不仅影响到我们的生活,也影响到我们的文化,甚至情感。

技术的力量为复制提供了可能,大量的无节制你来我往的复制,省去的是时间,传达的是苍白和不情愿,似乎拜年成了一个不得不去完成的程序性礼节。

这些情义枯竭的拜年短信,贫乏的祝福语言,冲淡了祝福的真情,少了心灵和心灵的交流,更缺乏精神层面的沟通。似乎,我们的思想、情感正在被技术化、物质化、工具化。

俗语说:"话是开心的钥匙。"可见,语言是心灵里生长的东西,但我们的语言现实却是,高科技制造语言,网络流行语竟成了文化中的核心。科技力量的强大,人文精神的衰退,使技术取代了美学。

很多人之所以纠结于是否要回复群发短信,正是因为技术突破了空间限制,却制造了精神隔膜。年味的日益衰退,具体到给孩子发红包,亲戚们围在一起吃团圆饭,全国人民观看春晚,都是因为缺少了面对面真诚地交流,而成了我们无法逾越的情感之殇。

我个人认为:人和人之间形式的、心灵的、距离的存在是正常的,也是很有必要的。一种相处方式的存在,若不能起到拉近人和人心的距离,温暖人疲惫的灵魂,就没有必要刻意去追求它。春节期间,各自和家人度过也很和美,与其这样不用心思,敷衍了事,不如保持安静,不去打扰人家,也许更好一些。

风　口

没有灵魂的躯体,是块石头。这是我坐到这块石头上时,心里突然涌出的颇具诗意的句子。

不知是何种的机缘,此时此刻,我们——这一群因为有着相同的精神追求的人,来到了这里,坐到了这里,在这个寂静而炎热的山谷里,挥洒着心里喷薄的激情,充当了村民眼里的风景。

身边的人,年龄不同,职业不同,爱好不同,但是对诗歌的追求相同,依靠文字编织精神蓝图的习惯相同。尽管他们在各自的生活里,都承载着或多或少的负重,这里面有欢喜也有伤悲,有欣慰也有泪水。但是,热爱文字的人会以自己的豁达对待一切,他们溶解误会,弥合伤痕,而释放出人性最灿烂的光芒,这是我写作多年来,最大的收获和认知。把一切伤痕都当成酒窝,是我对挫折最完美的解读。

在世人眼里,我们也许痴狂,也许简单。唯自己知道,深夜里,面对那些无法左右的世事,是怎样的苦苦思索,是怎样的困惑和无奈!有幸的是,在绝境里,文字为我们开辟了通向平和的通途,我们沉浸其中,自得其乐,乐此不疲。

是呀,既然已经来到了这人世,既然身外的那些纷纷扰扰自己无法绕过又无法独辟蹊径,获得柳暗花明的转折。庆幸的是,在茫茫人海里,还有那些个精神互通的真朋友,他们在精神世界里的富足和纯粹就是这个世界最温暖的底色。一见如故的感觉来源于对生活同样的认识和理解,为了这个,我们都要一心向善向好,想着白发灿灿的时候,还会回忆起年轻时的追求和痴狂,还留下了一些有意义的生活片段,也该发自内心地说一句"人生如此,夫复何求"了吧。

人生的许多事情是没有办法强求的,中伤、误会、陷害、非议充斥在生活的边边沿沿。年轻时往往百思不得其解,中年以后,知道了这就是一种常态,慢慢就会看淡、看轻一些原本以为很重要的事。

就像此刻我们不能控制风从哪里吹来一样,那是自然地安排,我们能做的就是——平心静气,享受这上天的恩赐。

高考断章

一

今年的高考适逢两个连续的阴雨天，对于大部分考生来说是幸运的。在相对凉爽的温度条件下更有利于发挥个人的潜力，这是老天爷对考生的眷顾，也是对广大家长的安慰，要不那考场外焦虑等待的家长要遭受多少炎热之苦呢。

从 2003 年高考时间提前一个月，固定安排在每年 6 月 7 日、8 日。延续了 20 多年的高考时间因 7 月份气温总体偏高，自然灾害发生频繁而改变。在持续 8 年的时间里，每年偏凉爽的气温无可辩驳地证明了这一改变的正确性。

二

在 1999 年扩招之前，人们总习惯把高考比喻成"千军万马过独木桥"。那时先要经过一个预选环节，若在这个环节有失误，就会无缘正式的高考。人生十几年的寒窗苦读就会止步于高考之前,确实是人生最大的不幸,由此产生的悲剧也很多,那时的录取比例一般都不超过八分之一。看看今天的录取率就知道当时考取的难度了。然而,扩招在给考生无限的希望之外,也给社会就业带来了极大的压力,现在毕业后无法就业的学生已经成了一个引起社会关注的大问题了。

三

我相信我们国家对于高考的关注应该是世界之最。有太多的寒门子弟因为高考改变了个人的命运,家庭的命运,在广大的中国农村,培养出了大学生的家长是最受人尊敬的。每年的高考结束后,看成绩、填志愿、选专业都成了全民关注的话题。在商洛这样的小地方,六七月份连地摊上的小贩都在议论着高考大事,什么"一本""二本""提前录取""国防生"的宛如家常便饭。徜徉在这样的氛围里,你不得不感叹这里的人们对于知识和人才的尊重。

四

我高考的那年还是在火热的七月天,天气极其闷热,家里也没有人管,我本身就住在学校里,可是考场却在另一个学校里。第一天出宿舍就忘了准考证,返回取了一次后心绪大乱,坐下后半天无法平静,直接影响了当天的发挥,当然也影响了考上学校的档次。在后来的多年里,我无数次的经过某个考场,总羡慕那些被人前呼后拥的考生, 有那么多的人操心, 该不会忘带什么吧。记得有一年,在商洛市中学的门口,有一个农民父亲,推着一辆旧的自行车,硬要把刚出考场的儿子拉得坐到后座上,然后由他推着走。那儿子长得很是帅气,推脱着不坐,那父亲就发火了,儿子无奈只有坐上了,由着父亲努力的掌握着车头,一扭一扭地向前走着。那一幕很是叫人感动,一个老农民用最朴实的行为表达着"天下父母心"。

五

2004 年似乎是一个奇怪的年份。这一年,出现了"爱心送考",还出现了"爱心房间",酒店开始推出"高考营养餐",媒体争相报道高考新闻。在狂热氛围的煽动下,家长也随之进入关注高考的高潮。随后的这几年,社会各界关注高考逐年升温,高考已经不只是学生、老师和家长的事,而是全社会每个人的事。今年,在高考的前几天,西安市还全方位地清理着考场周边的噪音等。

也许在每一个中国人心里,高考都留下了独特的记忆,在当前社会不公屡现的前提下,高考无疑成为了国人最认可、最公正的选拔方式。所以我们才会持续地关注高考,并把最美好的祝愿送给那些还在考场里奋笔疾书的学子们。

距　离

　　这里所说的距离不是指地理位置上的甲地和乙地之间的间距,而是指人与人心里的远近。

　　当我们还背着小书包的时候, 和一两个小伙伴勾肩搭背地走在放学路上,是很多成年人脑海中温馨的回忆。那种没有距离的亲密无间是童真的天然表现,也是人性最纯美的初始时刻。

　　可是在大人的日常交往中,却少见这种亲密无间的现象,究其原因,乃是因为在成人的世界里,大家都需要距离的缘故。

　　试想,在你的生活中,若有一个人,无时无刻都在你的身边,你的一举一动他都了然于心,一笑一颦他都知道意味着什么,你的感觉应该不是幸福而是别扭。也许,在谈恋爱的初期,会希望对方深刻地了解自己,以为相爱就是毫无距离,恨不得全天候的厮守。可是长期维持这种现状并进入美满婚姻的却是少之又少,倒是有一大部分的人因为过近的距离, 甚至一方因为另一方侵占了自己的独立空间而导致了分手。所谓"因陌生而相爱,因了解而分手",说得正是距离的可贵。

　　这世上即使再亲密的人之间都有保持距离的必要, 那些婚姻稳定的夫妻双方，一定是互相支持理解而又相对独立的两个完整的人。一个成年人的心里一定会有一个小小的空间，那里存留着最隐秘的情感，最真实的内心，最接近自己灵魂大树的敏感枝叶。独处时自己是自己的访客，一些喜悦独自回味，一些苦涩自己咀嚼，人生况味全在此时获得。这里是不希望别人进入的圣地，若有好事者打探或者闯入，势必会引起人心里极度的不适甚至反感。

众所周知，在拥挤的电梯间，大家都会感觉到极大的不舒服，之所以都死盯住那个变化的楼层数字，无非是希望能快速结束这被人无限接近的难受罢了。现在银行大厅办理业务都设置了一米黄线，意义并不只局限在要消除密码等信息外露的隐患，也包含着每个人对于独立空间的个体需求。

男女朋友之间更是这样，只有掌握住距离的分寸才有长久相处的可能。那些稳不住而逾越了楚河汉界的疯狂之人，要么偷偷摸摸如地下工作者一般，如履薄冰般地经营着那见不得人的关系，用一个谎言去圆另一个谎言，心力交瘁不说，还要时时准备承担舆论的谴责以至更多，发展到最后轻者始乱终弃，重者身败名裂。而只有固守住距离的理智之人，知道彼此尊重，互相理解的道理，工作、生活中共同分享大喜，共同承担大悲，而日常那些小喜悦小难过则不一定全盘知晓，要给朋友自己完全面对的客观机会，也要相信朋友有足够的能力可以解决好。有些事情朋友不想叫你知道，一定不要特意追问，一问就有了裂缝，再引起猜忌，打乱固有的格局实属得不偿失。

人是群居的动物,绝对的独处是不可能的,朋友是人生的温暖和依靠。"朋"字本身就是两月相随,只有用如月亮一样高洁的心灵,去对待另一个同样高洁的心灵,用尊重、理解和支持经营相处的环境,用理性、包容和距离掌控相处的尺度,朋友才会如月相伴,照亮我们人生的起起落落。

腊月,在熙熙攘攘里感受温情

进入腊月,街头巷尾就会逐渐热闹起来,很多平日里见不着的"流动摊点"又出现了,卖粉皮的,做面人的,卖棉花糖的。各色各类的民间艺人似乎都会在这个时候拿出各自的绝活在市场上一展身手。要说赚钱我看也未必,因为那些"家当"实在不值多少钱,大概主要是想图个热闹,再一个原因就是每日里都要进城置办年货,随便把家里的东西捎上换些钱也是好的吧。

在古诗古戏里,常有关于街巷的描述和记载,比如诗句"小楼一夜听春雨,深巷明朝卖杏花"中的卖花姑娘,比如《清明上河图》中描绘的那些人物。还有许多的才子佳人相遇的故事都是在这些摊点上的。只是后世的现代化取代了大地上那些古老而情趣盎然的事物,我们只能在古代文学的描述中去体会这种美好了。书本上的诗意世界在现实里越来越没有了痕迹,只有在腊月里,尤其在我们这种小城里,那些遥远而美好的景象才会有所显露。

对于普通百姓而言,重要的永远是过日子。尽管生活方式千差万别,但熙熙攘攘、叫卖声不绝于耳的集市景像是最温情的一种。在中国,人生绝不只是为了工作,乐趣还有很多,蹲茶馆、养花草、会朋友、遛小鸟、吃小摊。所以必须要有可以不屏住呼吸,不担心汽车飞驰的大街小巷的存在。可以不购物,只有看看那些卖膏药的,做棉花糖的,地摊上廉价的首饰,民间艺人手里的面人都会叫人心情释然,明白自己是活在活生生的世上的。中国人的天堂就在这庸常的日子里,而街道、集市、庙会、寺院、茶馆、菜市的存在和运转使得城市真正成为了"人生活的寓所",因而它们是充满情趣的,为人服务的,生动活泼的。

所以,在年关来临的腊月,穿上朴素的衣服,梳上简单的发式,带上素净的心灵,走进熙熙攘攘的集市,走到崎岖蜿蜒的小街小巷,在那充满情趣的叫卖声中,在与和蔼可亲的摊主的交谈中,在方便融洽的购物环境里,做一回真正的"闲人",买一些廉价、精致的小玩意儿,不论是否实用,只要心里喜欢。在毫无防备的坦诚里,在摊主充满特色的方言里,相信你因为奔波、忙碌了一年的烦躁会彻底离去。这种率性而为的随意正是人性自由的最高境界,因为我们不需要带着目的和目标。在平和善意的交流中慰藉自己落寞的灵魂,寻找生活的印记,这正是腊月最最温情的一面。

铭记师恩　奋力前行

　　又是教师节来临,对我来说,每年的这个节日,都是思念和追忆汇集的时候。这个时候,总有一个母亲般温情的女老师的形象在脑海中挥之不去——她就是我初中时的数学老师高海英。

　　我上初中时,只有十二岁,因离家远必须住校。那时候不仅年龄小而且敏感又自卑,因为成绩好受到了高老师极大的关注和帮助,为了给我提供一个好的学习环境,她把学校分给她的一间房子让给了我,使我离开了集体宿舍,一个人拥有了一个独立的空间。那时候,我的周围都是老师们的住房,每天我在灶上吃完饭后,就悄悄回到这个安静的空间里。一张床一张桌子都是学校配给海英老师的, 室内空间很小, 大约只有十二平方米的样子,可是对一个学生来说那是足够大的了。我坐在书桌旁,看书学习,海英老师不时来到房子里座座,说说家常话,问问学习上的事情。她的音调很柔和,人也很随和,交谈中我是拘谨而幸福的,每次她走后,总是后悔没有提出更多的问题叫她多留一会,那样就可以和她待更长的时间。这样的一种氛围成为我记忆中最温暖的画面,海英老师的宽厚、仁爱、优雅都成为我心里羡慕的品质并转化为我的追求。

可惜的是，海英老师后来要调回到上海老家的一所学校里了，走时我们还互送了礼物。她送我的相册我至今存着，记得在她家里我哭得泪人一样，少年的心经不起分离的痛，在我心里她就是精神上的坐标和依靠，那时的我更不明白那一别就是永远的分离。她走后，还给我来过信，可是地址却在同学的传输中遗失了。到今天，30年的漫长时光都过去了，她应该是70多岁的老太太了。在上海的某一个房子里，坐在摇椅上的老师该是怎样安详的容颜？我不知道暮年的她是否记得，商洛小城里那个跟在她后边剪着齐齐的直刘海的小女孩？

人在成长过程中，遇到一个好老师是幸运的，我就是一个幸运的人，与海英老师的相遇奠定了我一生的基调。我初中毕业时，她坚决不叫我报考中专，在老师眼里，我是要有大出息的。她以一个女性的细致、柔情和慈爱抚慰着我幼小离家的孤独，同时为我规划了将来。

年少时的记忆是美好的，老师的存在更是给这份珍贵的记忆增加了温馨和感动。到现在，我还会在梦中回到我那时住过的小房子里，也会梦见我可敬的老师，只是她的样子还停留在中年时的优雅和娴静里，那样的温暖和美好！

今天的我，只是公路系统的普通一员，虽无成就可言，但却是一个兢兢业业、认真干事的人。我的基本品质都是老师的传承，我的人生观得益于她的教诲。想起这些，我又释然了。我终究是对得起老师的，用实实在在的生活实践回馈师恩，在工作和生活中,坚守"踏踏实实干事,认认真真生活"就是对老师最好的回报。

我愿变成一丝风,轻轻地吹到老师的脸上,叫她知道我的感恩和思念。我愿把最真最美的祝福送给老师,愿老师的晚年安详幸福!

那些珍藏在贺卡里的真挚情怀

年终岁末,照例是要收到很多贺卡的,送卡人多是工作中结识的朋友和关系。他们发出的贺卡制作的都很精美,祝福的词也是打印好的,千人一词,只要签上送和收者的名字就好了。过程很是简洁,但因为少了情意的厚度和特色,所以收到之后喜悦之情和过去简直没法相比。对于 40 岁以上的人来说,这个"过去"可以追溯到至少二十多年前,也就是我们的学生时期。

我对于贺卡记忆最深刻的是高三那一年, 我因在高二结束时休学一年, 所以高三时我的同级同学大都坐在了大学的教室里。在"为赋新词强说愁"的学生时代,人总是会产生许多的伤感,尤其见不得节日等外在因素的冲击。记得在圣诞、元旦来临之前,我心情灰暗极了,倍加思念远方的同学,想着即将要来临的高考,心情是无处释放的难受和焦虑。

某个周一的早上,门房大爷把一摞贺卡送到了我的教室里,足有七八张吧。那时的贺卡都是"裸邮"的,就是邮票直接贴在贺卡背面,不用装信封的,所以上面写的什么是无法保密的。我的同学争先恐后地传阅着、朗读着那些激情飞扬的青春的文字。我曾经的同桌，已就读于北京理工大学的大伟寄来了一张以大海上旭日东升为画面的贺卡，背面上写着：看吧，那喷薄的日出就是我们的青春，沉默而有力量，冷静但有激情。我同宿舍的好友，就读于成都气象学院的小兰则寄来了一张红梅傲雪画面的贺卡，背面的文字如她人一样的柔美：好妹妹，我深知你暂时是孤独的，但你只要再坚持几个月，我坚信我们会相见在菁菁校园里,这里将有更多的好朋友在等你。

正是这一张张满载着同学情谊的贺卡，给我带来了在当时那个班级无人能及的荣耀，让我彻底摆脱了插班生的自卑。在接下来紧张备考的那些日子里，这些贺卡带给我的精神力量一路把我送进了大学的校门。虽然高考检验的是一个人的综合素质，但是我一直坚信那个时期那种纯真感情的巨大作用。

这种特殊的感受也奠定了我对于贺卡别样的看重。工作以后，一直坚持着和朋友贺卡联系的习惯，不必局限于时间，只要记起来,就发一张过去,尤其是在旅途中。1999 年秋季，我第一次登上了长城，当天晚上，我从北京给我的好友发了一张雄伟的长城的贺卡，背面写着：长城是世界奇迹，更是我们中国人的骄傲，为自己是个中国人而感叹吧。2003 年我第一次去乌镇，在夕阳的点点余晖里，一边喝着酸梅汤，一边为朋友写下了这样的文字：一座有缘相见无缘相识的梦幻水乡。

人活在世上,谁都需要一份情感上的寄托和依恋,而贺卡就是这种情感的最好表达。它沟通着人和人之间的默契,传达着精神世界里的共识，它叫人相信：不管经历多少时间和空间的阻隔,有些东西总是完美如初。我一直精心保存着我学生时代的贺卡,几经搬家也不舍得丢弃。每每翻看,想起青葱岁月里的纯真和无邪,心中依然充满了美好和感动。虽然岁月带走了曾经的意气风发,可是,伴随着贺卡,寄出的是牵挂和祝福,收到的是惊喜与感动,凝结在贺卡里的情义会终生伴随在心灵的左右。

诗意的灯笼 浪漫的爆竹

若要问中国人过年最喜欢什么颜色,答案自然是红色了,而且是那种纯正的大红,也叫中国红,其中最具代表性的物品有两样:灯笼和爆竹。

我小时候生长在农村,邻居一家是专门做灯笼的,所以熟知灯笼制作的工艺:先用木条或者竹条做成骨架,最重要的技术要领就是要把形状做得漂亮,当然是越圆越好,然后再在外面裹上红绸布,配上蜡烛台,一个灯笼就做好了。我小时候就经常提着这种灯笼在乡村的夜晚和小伙伴一块疯跑,常常会把蜡烛摇倒烧着了灯笼,那种眼看着灯笼燃烧的惊恐、心疼和快乐,今日回想都变成了温暖的记忆。

随着年龄的增长,对红灯笼的喜爱也与日俱增,尤其喜欢它所蕴含的诗意的光芒,以及质朴的委婉和动人。它把最寻常的人家衬托得悠远迷人。看到它便想到了家,想起它,便想到了亲人。不管是否有风雪,它都在门口等候、召唤和照耀。它亮了一个通宵又一个通宵,人们忽略了星月的光芒而聚拢在它的周围,它的挂起成为中国年最诗意的表达。它可能出自一个乡村匠人粗糙而灵巧的手,但是带给人们的却是红彤彤的圆润和惊喜。它是家的眼睛,在除夕之夜照亮远方游子回家的路,使得团圆的氛围更加的浓厚和实在。

同样身着红色,带给人们喜庆和惊喜的还有爆竹,它的燃放是人们心底的一次狂欢。当它炸开,下面厚厚的一层,落到地上或者雪上,似红梅或者玫瑰的花瓣,通体都透着吉祥幸福的光芒。那急急的脆响像春雷,如此的惊心动魄。从除夕的黄昏到新年零点的钟声敲响,再到初一曙光微露,甚至到元宵节、正月底,那红色的精灵一直都在跳跃着、舞动着,而舞动这红的主人和孩子该有怎样雀跃和美好的心情啊!他们的脸被耀红了,心也是像饮了美酒一样的盈满了醇香吧。

最具亲和力的就是这爆竹了,它炸开的硝烟是最和平的硝烟,那飘落的、耀眼的、红绸一般的碎屑,也是最美丽最祥和的昭示和铺设。爆竹燃放的瞬间,对大人小孩都是最开心释怀的瞬间,那炸开的红和那浓浓的火药味都是春天最浪漫的使者。

整个春节,因为这两样最具代表性的红色精灵,装扮了我们的节日,也长久地温暖着我们的心灵,使我们年复一年地对它们充满着期盼,并对它们所营造的浓浓亲情久久回味。

思想的光辉

　　在纪念辛亥革命 100 周年之际，中央一台推出了电视连续剧《辛亥革命》，再次把那段风云激荡的历史推到了人们面前。

　　作为辛亥革命的灵魂人物，孙中山先生为实现民族独立、国家富强的理想，不屈不挠地奉献了自己的一生。看完全剧，不仅为其能文能武、敏锐、深情、率真的个人魅力而深深感怀，更为他带领那些志士们屡遭失败、如牛负重般的革命实践敬佩不已。

　　中山先生短暂的一生是革命的一生，不到三十岁就创立了兴中会总会，从此奔走在美洲、欧洲、亚洲各国，筹划并发动革命。在武昌起义之前，先后曾经历过十次起义的失败。今天的史学家可以给这些失败的起义找到很多先天不足的原因。但历史事件都是因人才生动起来的，我们为成功的英雄而欢呼，更应该为那些失败的英雄高歌。看过《老人与海》的人都知道，书中那个老渔民最经典的话语是：一个人并不是生来要给打败的，你尽可把他消灭掉，但就是打不败他。中山先生的一生，挥之不去的孤独，豪杰式的扼腕，以及百折不挠的坚持，和老渔民最为神似。他在最美好的年华里，被驱逐海外，用世界性的眼光，把政治文明引进到封建帝制根深蒂固的中国，一个人与一种体制的对抗注定了失败又失败的结果。但是，叫人叹服的是，每次面对失败，中山先生是那么的冷静，他总能看到积极的一面，总是极尽自己的学识和远见，给受到打击的同志们最有力的鼓励和支持，在希望渺茫得如同大海捞针一样的绝境之中捂住伤口，重建信心，再次回到起点，准备下一次没有结果保证的革命起义。这屡败屡战的勇气来自革命党人坚定的信念和执着的精神追求，绝非常人可以企及。

今天看辛亥革命的意义，绝非只是推翻了清朝政府的统治，更重要的是，它唤醒了民众思想深处的奴性和迟钝，它传达的思想就是：逆来顺受和任人欺凌是不对的，个体生存的权利是要靠争取才能得来的，是要通过革命才会回到民众手里的，"还权于民"到今天依然是民主政治建设的核心内容。从这点，我们不得不佩服中山先生思想的深度和高度。当时虽然大多数留学生和华侨已经具有了初步的民主意识，但是国内民众多还以为"普天之下，莫非王土，率土之滨，莫非王臣"是天经地义的。在这种情况下，要让民主自由的新思想普及，其难度可想而知。

最能体现中山先生思想的，除了革命的行动就是演讲。在流亡海外的艰难困境中，要指导国内的一次次武装起义，最缺的是资金，于是他利用一切时机多次在华人华侨中发动募捐，现场的即兴演讲是一个快速感化、出于至诚的过程。先生以他先天的中西文化并举的优势，发乎真心，情真意切地分析和呼吁，把革命的必然性和华侨的爱国热情联系在一起。这些旅居海外的赤子不仅慷慨捐款,积极筹钱,部分华侨还变卖家产,投身从戎,捐躯革命。

在国富民强的今天,我们怀念这位坚强的革命家、思想的巨人,更加感念他之先进,他之不易,他之可贵,也更明白了他之伟大。回望是为了更好的前行,辛亥革命的历史已经融进了波澜壮阔的中国革命史,但它闪烁出的思想的光辉定会照耀千秋万代,爱国、强国的追求注定是中国人心头最真的梦,必将代代相传。

他们的现状是我们幸福的标尺

周日回家,遇见了小学时的同学,他穿着崭新的衣服,叼着香烟,悠哉游哉地走在村里的水泥路上,我开玩笑地问他:"这不过年不过节的,你穿的这么漂亮,有啥喜事了?"他腼腆地一笑,说:"现在的日子,过年过节有啥稀奇的,我女儿今天被政法学院录了。"看他的脸,是掩饰不住的喜悦,虽然头发的前半部分全是耀眼的白发。我记得他只大我一岁,可眼前他的模样,猛一看,就像是一个五六十岁的小老头。

我和他相遇的地方就在我家附近,我盛情邀他到家里坐坐,他先是推着不去,后来又同意了。到家后,嫂子热情地招呼我们坐下,临近的乡邻都知道了他孩子考上大学的事情,众人羡慕地议论着,他讪讪地回应着,很不自在的样子。我问起他家里的现状,他淡淡地说:"就那样,在建筑工地累死累活,总算是攒够了娃上学的学费。去年一个工友从高处摔下来,当场死亡了,看着家人伤心欲绝的样子叫人寒心,所以今年不干了,想找点安全系数高一些的事情,维持着家里的日常用度就好了。"说这些话的时候,他那备受艰苦和辛酸的极其朴拙的脸孔是羞怯局促的。我知道,在他眼里,我早已是另一个世界的人了。也许,从当年我走进大学的校门的那一刻,我们之间的鸿沟就存在了。在他眼里,我成了吃公家饭的人,已经从灵魂上彻底离开了乡村了吧。

想当年,我们都穿着不合体的衣衫,坐在小学的教室里,贫穷而快乐。那时候,谁又能想到多年以后我们有这样的见面,我的关切和询问只会增加他的不自在。几十年的岁月已把他打磨成了一个木讷、自卑、不善言谈的中年男人了,小时候的顽皮和机灵早已荡然无存。

也许,我这些年在社会上看起来仿佛高贵优雅,虎虎生风,表面上的淡定从容、洞悉世事使我远离了相邻。可是,在我内心深处其实一直都藏着一小片泥土和部落——我们土里土气的卑微朴素的原乡。这是我灵魂深处一个青涩而脆弱的起点,也是我永难割舍的归依之处。在遭遇了人生挫折打击的每一步,我都会回到这里,乡间的一草一木都会给我带来无言的慰藉。这里的人,简单、卑微、真诚地活着,对生活要求极低,又很容易满足,就像乡间随处可见的狗尾巴草,初生时是小小的细细的一到两片的嫩叶,远望去几乎不见。然而只需要一场微雨,便足以让它蓬勃成燎原之势。虽然根须浅浅的几乎只是浮在土上,然而若是拔得不彻底或是拔完了仍然扔在地里,那么依旧是不能置它于死地的,只需要一夜的露水,便足以让它生出新芽,其生命力之强,常让人惊叹不已。

就像眼前我送别的这个渐行渐远的同学,看着他阳光下微驼的背，他这些年艰难的生活状态，他在建筑工地上的摸爬滚打，他对外界简单的理解和要求，对我这种每每要追求一种更加幸福的人来说，显得是多么奢侈啊！他们的生存状态真实简单而灵动，不像我们，总是在拥有了基本的生活条件之后，和自己的灵魂，和看不见的生活在不停地对抗之中旷日持久地消磨着年华和时光。

　　他们存在的另一种意义，也许就是要叫我们感谢目前拥有的生活并懂得深深珍惜。

与紫藤相遇

如果不是再次去医院治疗麻烦的心脏，就不会有这心思沉重的下午的漫步，就不会这样没有准备的走进这片紫藤花下。当一串粉紫的花絮扫过我的头顶，再仰起头看见那穗状的花儿布满了整个亭子，我瞬间有些恍惚，毕竟在这个院子已经住了十多年了，怎么就一直不知道竟有这么美的一个地方呢？

这是一片由很多的藤条在亭子上结成的网，茂密的绿叶已经完全遮挡了亭子的结构和颜色，发至地下的是很多根粗细不同的藤，它们顺着亭子的竖柱爬到了顶部，生出了茂密的叶子，开出了醉人的紫色花串。置身这茂密而宜人的紫海中，被病痛折磨的心一下子就得到了轻柔温暖的抚慰。

于是坐下来，让来自于异域的精灵静静地走进自己，化解生命中的无奈和遗憾。

这时，手机响了，是一位打着媒体幌子的人打来的。虽说认识有些时间了，可他的人品做派着实叫人不敢恭维，每每接触都如坐针毡，避之不及，实在也谈不上什么交情，电话里又在催问有偿宣传的事情。不知从什么时候起，这些以盈利为目的所谓记者,打着社会监督的虚名,盯上了基层单位,隔三差五登门找事,如苍蝇般叫人厌恶,结局都是逼你做有偿宣传,于是我们这些无奈的宣传干部只得忍气吞声与之周旋。可惜就是今天的电话来得太不是时候,我刚刚涌起的坐在花下的喜悦被冲走了,我深知不能告知他我在治疗的事实,说了他一定会认为我是因为躲避而骗他的。所以,我不等他说完,就愤怒地关掉了手机。

生活中就是有这种人,厚颜无耻、贪得无厌,他们以难为别人为惯有风格,就是他们的存在增加了我们对病态社会的憎恨,就连自己的生活好像也因此而破碎了。

气呼呼的我,找不到发泄的对象,面对身旁的紫藤,只有任眼泪肆意地留下。也许这个电话只是一个诱因,我心里憋了太多与身处的这个环境相冲突的地方。人说成长就是妥协,就是由棱角分明变成世故圆滑的过程,可是对一个时时都在坚持一些什么的人来说,这个过程难免就会变得艰涩一些。庸常的日子在抗争与妥协,坚持与放弃的博弈中一路走来。无法释怀的东西太多就堆积在心里,增加了自身的负荷,直接损害了健康。这个道理我是明白的,但是我又是无法克服的。无数次事实都证明了准备好的处世之道在处理具体的事务中统统都会灰飞烟灭,唯一遵循的还是内心的基本判断。

今天与紫藤的相遇也许就是上天安排给我的一次给心灵疗伤的绝佳机会。十几年来,每日里来去匆匆都没有细看过的一种植物,在生病的间隙以缤纷和纯粹深深打动了我。它让我完成了一次个体的精神逆行,本色的紫藤不以任何外界条件的变化而改变,年复一年,静静地把美丽和芳香奉献,串串花絮小巧而精致,不迎合不媚俗,绽放着生命最精彩的华章。我不知道该怎样深谢这次邂逅,我知道,紫藤给我的启示远大于它本身的美,这样的相遇值得我在以后的日子里好好地纪念。

桃 花 缘

　　小时候,生活在农村,家门口大大小小的桃树很多,一到春天,是真正的"桃之夭夭,灼灼其华"。幼年的我,并不懂诗经里是如何描写桃花的美,只是本能的十分喜爱那满园的绯红和纯粹。

　　随着时光流逝,桃树下的童年早已渐行渐远,对桃花的向往也日益变成了一个深藏心底的愿望。这个春天,我突然有了要细看一株桃花的冲动,于是,周日早上一个人急匆匆走进了微凉的早晨。我知道在金凤山的某个角落,一定有我向往的绚烂和寂静。

　　这是一片不大的地方,但却有许多桃花,俯瞰是看不到地表的。走进其中,你不可避免地要与桃花亲密接触了。这些旁逸斜出的枝条还没有大片的叶子长出,呈现在眼前的就是那满满的妖娆和明艳了。我庆幸我来的正是时候,若再过一周怕就不会再有今日的繁盛了。

　　近观一朵花的形状,那种感觉是奇妙的,五个花瓣向着均匀的五个方向优美舒展地展开。你似乎可以感觉到它开放的疼痛,还有些担心它这样的努力会不会失控,然而,朵朵桃花呈现的是恰如其分,美在极致的边缘掌握好了尺度,少一分则太欠,多一分则太满。一瞬间,你会明白为什么在这姹紫嫣红开遍的万花之中,唯有桃花可以和女子联系在一起,用"人面桃花"形容一个女孩的容颜真是最恰当不过的比喻了。桃花盛开在春天,是万物萌动、生命勃发的季节,这与少女的清纯之气、青春之特质是多么的吻合啊。

除了与少女息息相关之外,在中国的文化里,桃花还承载了另一个至高至纯的意义——桃花源。这个由东晋文人陶渊明描写出的人间仙境,给中国人创造了一个精神的栖息地。在这个幻想的世界里,没有争斗,没有伤害,没有压迫,只有和谐,只有淳朴,只有安宁。读过桃花源记的人谁能忘记"忽逢桃花林,夹岸数百步,中无杂草,芳草鲜美,落英缤纷"带来的震撼。对于在尘世间饱受苦难纠结折磨的人们,谁又不想待在这样一个精神的家园里,获得灵魂的慰藉和安抚。陶渊明之所以把这个梦幻之地叫做"桃花源",而不叫作"菊花源""杏花园",正是看准了桃花盛开时所展露的温暖、喜庆和安静吧。站在桃花丛中,近观花儿朵朵艳红,每一朵都开得肆意而耀眼,端庄而安详,大气而典雅。成片的桃花则协调、大观,那种恰到好处的气势,既不拥挤也不稀疏,微风吹过,阵阵花香袭人,是真正的仙境般的感受。

我希望朵朵桃花都开的长久而艳丽,我不愿黑夜占有它的美,不想露水沾染了它的娇颜。我甚至不希望它由一个小小的果核成长为一个坚硬的桃子,虽然那心形的桃子是它成长的全部意义。而此刻,阳光灿烂,清空万里——且看这广阔的大地上,一个小我无端地悲喜交加。

瓦是心灵的故乡

周日一早登山锻炼,在金凤山顶俯瞰商州。在明媚的阳光照射下,山下层层叠叠的是看不尽的绿色,绿海中间偶尔露出的灰顶白墙的农舍正是一处处恰到好处的点缀,使得陕南山区的初夏更具有了一副安逸超然的娴静和优雅。因为视角的原因,尽收眼底的竟是那屋顶上的瓦。

说起这个瓦,不知怎么,一种沉稳的、湿润的感觉就从心底氤氲而生。

小时候生活在农村,三间瓦房是我们的家产,也是儿时记忆里最温暖的所在。平日里不怎么感觉到瓦的存在,在恼人的秋季,当秋雨像个唠叨的老人絮絮叨叨下个没完的时候,母亲会忧伤地说:"该揭瓦了。"我就知道,是屋顶的某个部位漏雨了。等天晴了,父亲会搭着梯子爬上房顶,把漏处的瓦取下来,在瓦下搪上一些泥巴,再把瓦放上去,下次下雨时就不会再漏雨了。那时的我也会淘气地跟在父亲后面爬上屋顶,采摘那长在瓦缝里胖胖的瓦松,引得母亲在地上担心和训斥。

初中以后,我就到城里上学了,离开了熟悉的乡村生活,想家的时候，瓦就是个标志性的代表物。春雨里沿瓦沟留下的檐水，冬天里瓦檐下形状各异的冰凌，都是记忆里凸显出来的标志，尤其记得的是眼瞅着秋雨无穷尽地下着时，心里那种说不出的郁闷和忧伤，也许是那种幽暗和无望正契合了某些特殊的个人情感吧。

瓦很朴素，如憨厚的庄稼人，瓦也很粗糙，如粗糙的农家日子，瓦的颜色，像悠长的农耕岁月一样灰暗。除了房顶上的瓦，日常生活中也充满了瓦的影子——瓦盆瓦罐充斥着农家生活的方方面面。

记得我家里的柜上整齐的放着的是一排的瓦罐，打下的粮食、磨成的面粉、碾出的米、磨一遍舍不得去皮的玉米糁、喂猪的粗粮、喂牛的豌豆、喂鸡的秕谷剩豆都放在瓦缸、瓦罐、瓦盆里。这些瓦器，盖上盖子既可防虫也可防老鼠糟蹋，是实用又经济的家什，所以深得农家的喜爱。古老的瓦器就是这样全方位地参与了农家的庸常生活，和农民的柴米油盐、劳作休息、生老病死息息相关。

瓦的往事，说起来就觉得比较的沉重，或浓或淡具有着悲剧的意味，瓦里满盛着儿时生活的艰辛和父辈们日子的悲苦。我小时候常和父亲一块去烧窑，父亲是有名的窑工，村里的土窑主要烧制的就是农家盖房的瓦。父亲站在炉前一掀一掀把煤搭进火红的炉膛里，火光把父亲的脸映得通红。我则在外面的野地里玩着，闲暇的父亲会把从家里带来的红薯、土豆、蔓菁等放进大火旁边烧熟给我吃。那时候生活艰苦，孩子们好像总是好吃的，相比于现在满大街这肉那筋的所谓烧烤，那时候我吃的可真是最纯正的农家绿色素烧烤呀！

烧窑最讲究的是火候，一个有经验的窑工要具有一双慧眼，瓦烧透没有，火候到没到，全在他的眼里。火候一到，立马把窑口封了，然后全村的男劳力都来担水饮窑，就是把水从窑顶倒下去。那阵势真是壮观呀，水一进去，里面就轰轰烈烈地响起来了，窑顶上冒出的白气壮烈豪迈、热气腾腾，但是农人们就是练就了一副钢铁般的意志和眼睛，他们不停歇地给窑里灌水，直到里面的声音弱下来，只剩下"丝丝丝"的声音减弱才停下手来。

第二天才可以出瓦，那么多的水倒进去，窑里却没有一滴水，而且，瓦是干的，摸上去，温温的。一块黄色的土坯就这样在烈火和凉水的锤炼下被打造成了一片看起来灰盈盈，敲起来叮当作响的瓦片。

农村人盖房子，用的多是这种瓦片，因为它的血肉就是家乡的水土。瓦屋顶功能上防雨隔热，外观上美观整齐，品质上内敛含蓄，是一辈辈农村生活过的人心头挥之不去的故乡的原风景。

眼下，随着城镇化的脚步加快，乡村里的年轻人正热衷于盖楼房，买小车，走水泥路。回家后，见到的是越多越多的带着现代生活气息的元素，古老的瓦作为农耕文明的代表物已日益减少了。高楼林立的城市里，司空见惯的是那火柴盒似的钢筋水泥的构造物。我们行色匆匆，穿行其间，来不及想到底是前进还是倒退。只有在这山顶上，在偶尔的驻足观望里，把滋养过自己生命的瓦忧伤而温情地回味。

我的手表情结

小时候,不知受什么影响,总愿意做一个与时间赛跑的人,后来看了朱自清先生的《匆匆》,越来越知道了人的一生只能是追赶时间,有的人脚步快一些,有的人脚步慢一些。中年以后,才悲哀地发现,最终,我们都是时间的弃儿,都会被时间撂在半路上。

我上小学的那几年,吃够了不能掌握时间的苦。山村的夜晚寂寥无声,为了早起上学,操心的母亲要不停地聆听公鸡的鸣叫,察看星星的高低,这种折腾会直接影响到全家凌晨的睡眠。记得是一个冬日,整夜月光如昼,明晃晃得叫人不知真正的时间,因我第二天要参加考试,精心的母亲早早叫我起来,吃过早饭后出了门,才发现是月光骗了我们,因为启明星还很低。母亲愧疚地说:"怕你迟到,看来是太早了,这可咋办呀?"我说:"没事的,既然起来了,就早些走吧。"母亲不放心我一个人行走在乡村寂静的凌晨里,决定送我到学校。于是,我们母女两人手拉着手出了门,在熟悉的乡间的小道上慢慢地走着。这难得的与母亲同行的经历一直深深刻在脑海里,成为记忆里珍贵而心酸的画面。

上初中以后,因为离家远,我成了一名住校生,住在集体宿舍里,再也不用为掌握时间发愁。但心里一直渴望着像别的同学一样,拥有一块自己的手表,举手之间就知道是几点几分,该是多么美妙呀!闲暇时间,也会不自觉地用钢笔画一只虚拟的表盘在腕上,以表达对手表的喜爱和渴望。

进入大学校园以后,我的这种期盼被同室好友了解,她把一块方形表盘的手表作为我二十岁生日的礼物送给了我。我欢喜异常,在以后的多年里一直随身带着,直到它彻底坏掉。

谈恋爱的时候,我把这个情结说给男友,善解人意的他在以后的多年里为我买了多种手表。现在我要出门,手机、钥匙和手表成了必须要携带的三大件。一朝忘记手表就会感觉失魂落魄般的不自在,必戴手表的习惯已经变成了一种接近怪癖的行为。尽管有人嘲笑有人不解,但我依然坚持着,在时间面前,我们表现得虔诚一些是应该的。人群中,那些腕上戴表的朋友总会给我传达一种守时的信号,接触起来也具有了天然的亲切感。

我戴表的习惯在默然间也影响了一些身边的朋友,他们在悄然间改变了在手机上看时间的习惯,也把手表戴上了臂腕。现在买一块普通的手表已全然没有了资金的障碍,它传达的不过是个人的喜好和一种做人的理念,但是每个物件对每个人意义都是不同的。这些冰冷的客观存在因为人的情感才具有了这样那样的意义,手表于我,就是这样的物件。

左腕上那一只普通的表盘,滴答滴答日夜不休,它不停地提醒我,生命是个单行道,时时要珍惜。所有的日子都是唯一的,唯有认真地活过每一天,才对得起这平凡而珍贵的生命。

依恋丹江心至柔

　　长久以来，我深深迷恋于夜晚一个人在丹江边上行走这样一种状态。偶尔因为外出或者是天气原因不能出去的话，心里就会十分的不舒服。这次去北京学习，九天的时间，蜗居在党校的宿舍里，简直都有些失魂落魄了。

　　回来的那一天，时近傍晚，放下行李，换了衣服，我竟像一个急赴约会的女子，匆匆来到了县城外面的江滨路上。虽说是春寒料峭，春色还没有明显的感觉，但是，一江丹水——安静、朴实、真实，因而格外生动的丹江一下子扑进了我的眼帘，我的心里。看到它，我紧张疲惫的心一下子就放松了，旋即进入了一个完全自由舒服，甚至还有些亢奋的状态。我与那处子一般沉静，飘带一般柔美的江水深深对望着，似乎有千言万语需要诉说，又仿佛间，什么也不用说。我和丹江，好像在经年累月里已经建立了某种默契，我常想：这种默契到底是什么呢？

　　丹江在商州是绕城而过的，从高处看，江水如飘带一般护着城里的一切。从学生时期开始，我就爱在丹江边上行走，当然，那时的江水比现在要大、要清得多。在二十世纪八十年代，江边还有很多倾斜的柳树,那些年代久远、主干粗壮的柳树不知怎么就长成了那般样子。它们不是垂直于地面,而是一律倒向了江面,虽然与江面形成的夹角不同,但是所有的枝条都直直地垂挂下来,宛如爱美的女子,要急着照镜子一样。每到春天来临,嫩绿的枝条、明净的春水相映照,最是美丽。

那时的我正是"年少不知愁滋味""为赋新词强说愁"的少年,这丹江的柔美和沉静也许正应和了自己心里某种婉约、细致的少女情怀吧。

一个人的成长经历常常是艰涩的,在其后的岁月里,我经历的那林林总总,在少年时是决计想象不出来的。那时候,总爱追问生命的意义,站在河边,不免会想起圣人关于"逝者如斯夫"的感叹,只觉得人生苦短,要努力,要拼搏,要与众不同等。可是,如今进入中年以后再回想,生命其实不需要任何理由。成为自己——成为人群中独立的自己,在这个精神与物质、道德与欲望二元对立的时代,我的所有努力和挣扎,其实仅仅是为了这样的一个愿望。"信仰就是愿意信仰,简单就是宁肯简单,美就是选择了美。"书上的这句话让我在咀嚼往事的时候,得到了莫大的心灵安慰。那些挥之不去的过去,惨不忍想的往事,那些曾经旷日持久的精神折磨,浪一样地涌来,又潮一样地退去。

这些年,我固执地想依靠文字编织一张生命之网,期望以此遮风避雨。织起这张网的目的,便是为了让心灵有所寄托,不至于太过孤单。这就是生活,就是命运。我知道,纵然倾注所有力气,与山川、河流以及神秘的大自然相比,一切意义都值得怀疑,一切价值都显得微渺。

很多负重，常常没有来由也没有目的，但它们是生命的真实，它们和空气一起，和事件一起，和心情一起，饱含着湿度和温度。曾经饱满而真实回忆是快速播放着的影像，转瞬之间，只留下喧嚣的风声。在成长的岁月里，我和所有的人一样，常常在夜里陷进深深的恐惧，对死亡和快速消逝的时间的恐惧。在夜里，听到钟表"滴答滴答"的秘密脚步，深知，光阴在飞速地退去，生命正一天天接近着死亡。

这样想着，一会儿伤感，一会儿叹息，对那句"一些事件正在赶往昨天的途中"有了更加真切的感悟。看身边的丹江，一如既往，默默东流是永恒的方向。

于是明白，这些年，之所以依恋这一个无言的朋友，就是因为水的特质蕴含着生命的智慧，水，表现为至柔，却体现了至刚，任沧海桑田变化，它只是默默地流淌，同时也把最深奥又最朴实的生存理念传达给每一个接近它的灵魂。而我，就是那贴近它身边的忧郁而敏感的孩子中的一个。

与文字邂逅

非常痴迷一句话:"把狂欢和爱情都放在文字里是明智的,因为它们别无居处。"面对日常生活的平铺直叙,拥有着想说话的欲望才会想到借助文字来表达,这也许是所有写作者的最初愿望。狂欢和爱情,是女人心里的野兽,在晚秋季节里,遇到了一个玉树临风的男子,那般潇洒和动心,可是,时间不对,晚秋不言爱。只有放它们到文字里,让爱情重来一次,爱的咋样过分都是正常。而现实里,庸常的日子还是得踏踏实实地过。

作家余华说过:"生活越是平淡,内心越是绚烂。"这句话我十分认同。我们生活中遇到而且有幸了解的那些作家,比如我省名家陈忠实,看他接受电视台记者专访,一口典型的关中土话,如老柿树一般实在、质朴。但是他的文字,一部《白鹿原》,融进了那么多的人物,那么激烈的爱恨情仇,正如一把锥子直刺进人灵魂的深处,因为疼痛,所以深刻。因为真实,所以震撼。陈忠实自己也说,在创作《白鹿原》的那段日子里,自己常常陷在书中人物的情绪里,泪流满面无法自已,只有靠耕种缓解情绪。此种强烈的思想激荡,唯有调遣文字之人,其余任何人皆无法体会。

　　常有系统内的朋友说:"你不是我想象的那种样子。"我知道是我的外表叫他们失望了。在未曾见面的时候,仅靠那些文字,他们往往以为我是对花落泪的林黛玉,要不就是路见不平拔刀而上的女侠。而生活中,我早起上班,急匆匆赶到单位,处理各种事务,中午再急急忙忙回家做饭,偶尔有闲情就放上一段音乐,在洗洗刷刷里自得其乐。悠闲的黄昏里,会登山也会沿河堤行走,彻底放松身心,整理思绪。节日里,进超市逛地摊,遇上打折的东西也会心动。有些特别的日子,会约上两三好友,一杯绿茶,发些牢骚,说些疯话。周日里洗衣拖地浇花,生活基本就是这些内容。

　　他们还会问:"你的写作灵感来自于哪里?"

　　我知道他们想听"是来自于生活。"

　　但是,我真的不是的。

　　我写的,都是来自于我的内心,确切地说,是来自于心里的敏感和不安。这些年,每一篇散文的出炉都是因为这两个方面。尤其是在公路系统的十六年里,生活工作中的有些场景和细节,尤其是一些细微之处的触动,只要再往深处想一下,思想就会激荡起来。不是小小的激荡,而是剧烈的冲击,这种不安犹如灵魂深处的魔鬼,动荡不停,甚至叫人寝食难安。唯有坐在深夜里的桌前,正视它,与之交流和梳理,方可缓解,而这种交流和缓解,就是诞生文字的过程。

　　我十分享受这种深夜里与心灵对话的过程,这时候,我面色平静,穿戴随意,但心里像刮起了十级狂风。我惊异于此刻的安静和动荡竟是如此统一于我的身体,这时候,灵魂发出了严苛的追问:"你今生到底要追求什么?"面对追问,我困惑,我不安,我难过。我知道,今生我已无法逃脱。我看着镜子里的自己,想着来时路,未尽路,心里杂乱而悲凉,紧张而无序,这时候连空气也是紧张的。我明白是敏感打乱了我的宁静,是不安收走了我的镇定自若,而引我走进了灵魂的花园。那些神秘的花儿,就是生命里日夜追随的不俗和独立。

　　感谢这些,因为它们的引导,我日益走向了文字的内核,让我平凡的生命,因为与文字的邂逅,而变得绚丽多彩。庸常的日子,因为有文字的陪伴,而变得生动活泼。干枯的灵魂,因为有文字的浸润,而变得葱茏茂盛。

遗　失

正月初二全家搭出租车回家,开车的是一个邻家的小伙子,十七八岁的样子,因为与他的父母熟悉,自然言谈要多些,问及他的生意如何,小伙子的话匣子一下子打开了,说起了乡村的变化,他家里的情况。它在自己的家里开了赌场,专门召集城里的闲散人员赌博,不光收场子费,到了夜间,还会开车送那些赢家回城吃宵夜、进红灯区等等,乘机大捞外财。他说话的声音高亢,表情自豪,如打机关枪一样的容不得别人插进话来。我们自然只有倾听的份。只是没想到最后他竟说:"你们这些上学出去的人,辛辛苦苦吃上了国家饭,一天到晚看别人的脸色,也挣不了几个钱,肯定没有我们来钱快吧。"我和老公正不知如何回答,愤怒的女儿已经拉开了车门要提前下车,我明白孩子简单的爱憎,只好全家都提前下车了。

中午在大哥家里吃过饭,太阳暖暖地照着,女儿要到后面的山上玩。我不知怎么心血来潮,想带她看我小时候的学校,孩子也欣然同意了。在通往学校的路上,我遇见了小学时的同学,他穿着崭新的衣服,神情郁闷地走在村里的水泥路上,我开玩笑地问他："这几天闲了？看你的背影还以为是个哲学家呢，想啥大问题哩？"他腼腆地一笑，忧伤地说："我们这些人，还想啥大问题，过年有肉吃就是最大的满足了。"看他满头白发，竟是春节喜气也掩盖不住的沧桑。我问他头发怎么白得这么厉害，他说为了打工时不被人误认为年龄大，一直焗油着呢，可是头皮过敏难受，想着放假的几天里不用伪装，可是外出打工的女儿带回了男朋友，嫌他难看不让在家，此刻他就是被女儿赶出来的。听了他的话，我的心里酸酸的，不知用什么言语安慰他，只好匆匆告别继续往前走。

来到学校门前，大门紧锁着，操场上杂草丛生，样子很是破败。在离学校很近的人家门前的躺椅上，坐着一个70来岁的老婆婆，她正眯着眼睛享受着独处的清闲。女儿走累了想歇一会儿，我们决定在她家门前停一会儿，于是就坐到了她跟前。她热情地拿出了瓜子、糖、麻花等招待我们。老人步履稳健，说话柔和，叫人感觉很是亲切。我们说话间，从她家房子里出来了六七个男女孩子，女的个个面无人色，口红如血，头发染了一缕一缕的红和黄，干涩如秋天的落叶。男的则一律穿着牛仔裤，绷紧的屁股夸张地扭着，粗鲁的言语声嘶力竭，暴露出干涩苍白的内心。

我知道，他们是无所事事的一群人，大多数已经出远门打工去了，有的因外出改变了命运，可以彻底地离开乡村。赋闲在家的断章取义地领会着时尚，却总是具有东施效颦的效果，夜晚常常呼朋唤友赌钱打牌，以此与自己寂寞无聊的人生做着不息的抵抗与耗费。在外赚了钱的拆了昔日的土房,盖起了张扬的小洋楼。他们因为见识了外面世界的灯红酒绿、作奸犯科,甚至贪污腐化,心里已不再有明确的忠和奸,是与非。他们开始质疑父母从小的教化和少得可怜的书本知识,用嘲笑别人来掩盖自己虚弱的内心,甚至蠢蠢欲动地想钻法律的空子,梦想着通过捷径达到人生的理想状态。

这些孩子的父母都是我的同龄人,回想三十年前我们简单贫穷而又快乐充实的童年,那时的故乡,到处是草的踪迹,村庄的瓦房质朴而温暖,夏日的麦浪、秋天成熟的玉米地招人喜爱,路遇陌生人时亲人般地嘘寒问暖。而如今,水泥路、小洋楼比比

又见满坡槐花开

春天是百花竞相开放的季节,满眼的姹紫嫣红,既装点着我们的生活,也给人以无限的希望。

暮春时节,独有一种花,除了愉悦观者的眼睛和心灵,还因能食而备受人们的喜爱, 在短短的时间里以纯和香表演着生命的绝唱,那就是槐花。

槐花盛开之时,香味是迷人的。傍晚时分,穿梭在树下,阵阵花香会使你忘却人世间一切烦忧, 这种来自于植物本身的香是任何顶级的香水都无法代替的纯粹和高贵。

从远处望去,盛开的槐花一大片一大片。白色的花因为繁盛而使绿叶成了点缀,绿白相配,简单、稚嫩,会叫人想起朝气满身的少女。

大千世界里, 人们对每一种东西的喜爱都是因为感情的因素,很多人喜欢槐花,是因为记忆里存储着关于槐花饭的过往。在困难年代里,春末夏初正是青黄不接的时候,捋一筐槐花,拌上一点玉米面,加上盐和葱花,眼巴巴地盯着灶房里的母亲,盼着早些尝到焖饭的美味, 是许多农村孩子记忆里永难忘怀的一幕。我小时候还因为和邻居的男孩争捋高处的花絮而发生了激烈的争吵,为此几年都不说话。那年头缺粮,家家都会叫孩子到山坡上采摘槐花,回来后,由母亲根据家里的食材决定和什么相拌。白面、加油是最好的美味,家境差些的一般加上粗粮,尽管少油,但至少是一种时令的新鲜饭,也是孩子们的期盼。那个年代的母亲们一年四季想方设法为子女们改善生活,春天里槐花的存在为母爱的发挥提供了可能,也使这种寻常的植物具有了一种母性的光芒。而眼下,吃槐花焖饭已经成为一种生活的调剂或者一种相聚的借口了。我总以为如今这满山的槐花之所以这样的繁密,也是因为如今吃的人少了的缘故。

槐树在陕南山区。是一种很常见的树,我小时候放牛割草的山坡上,槐树是最多的。记得有一大片树林,在花香浮动、绿影覆盖的春夏季,那里是我们的乐园,那时候并不知道欣赏花的美,只是在花下肆意释放着生命里最本真的童趣和天真。我曾用草绳把落下的槐花串起来,强行戴在哥哥的脖子上,引得小伙伴们哈哈大笑。

如今,那些共同度过了童年时光的人都分散在人群里,再难相聚了。傍晚漫步在槐香悠悠的小路上,踩着一地透过枝叶漏下来的夕阳,童年往事如过电影一般闪过脑海。人在尘世里奔波,总要遭遇这样那样的不顺和挫折,有时难免伤感和叹息,那些偶尔出现的打击和愚钝,一时黯淡了灵魂的芳华。常常以为心灵已经麻木,不会再为另类的生命而轻易地感动了。只有徜徉在槐树下,接受一种洗礼,让眼里所看之美,鼻中所闻之香清扫自己蒙尘的心,重新真切感受到生命里最初的纯真,顿时明白万物之美年年如此,我们缺乏的不过是观赏和体会的心。

不管世事如何变化,能怀有一棵与串串槐花惺惺相惜的心,深知生命的珍贵,珍惜世间的机缘,善待一生遇上的每个人,认真对待每件事,拥有朴素的爱情,过着朴实无华的生活。岁月虽无情沧桑,却总有着情义萦绕的牵挂和祝福如影相随。在槐花飘香的季节,陪着满坡的白色精灵,感谢今生拥有着踏实而平凡的生活,欣慰自己认真而充实地活着。

在春天里，与瀛湖相遇

这个春天，虽然天气忽冷忽热叫人不太舒服，但是，无意间的一次安康之行，尤其是终于亲眼目睹了瀛湖的春日之美后，心灵竟如久渴之人饮到了甘露一般的滋润而丰盈了。

去之前在网上查阅资料，看到了如下的介绍：瀛湖，衔秦巴，吞汉江，浩渺烟波，浑无际涯。水面广阔，湖光潋滟，迭翠堆玉，岛屿棋布，相映成趣。客来江河千里外，山在水天一色中；朝看彩霞浮湖面，暮观红日融浪中，有登泰山观日出之妙。单是这段文字，就叫人心里充满了无限的向往。

那天，我们一行人踏着春光，在略显寒冷的春风中出发了。路上因为一些计划外的小事情耽误了行程，到安康市已是下午四点多钟。急急忙忙登记好房子，简单修正了一下，就向着目的地出发了。同行的小姑娘兴致极高，看见什么都觉得美，我心中暗暗羡慕着年轻的好处。一会儿工夫瀛湖就在眼前了，因为天气是个阴天，加上又接近傍晚了，所以游人极少，基本就是我们一行五人。我心中顿时窃喜，这样的境况正符合我的本意，没来之前还非常担心人多声杂的场面会扰了人的兴致呢。

此时此刻,天色幽暗,周围安静,想想只有我们一个船置身于偌大的瀛湖,我就觉得今天真是一个可爱的日子。于是,急急办好上船手续,督促师傅快些开船,我几乎是迫不及待地要离开陆地融入瀛湖的怀抱了。

听开船师傅介绍说,瀛湖是西北五省最大的淡水湖,水域面积 70 多平方公里,平均水深 100 余米,景区岛屿众多,素有"陕西千岛湖"之称。说话间,我们走出船舱,来到甲板上,看两岸春色似有若无,树木刚吐新芽,还没有形成铺天盖地的绿海。油菜花零散地点缀在山坡上,宛如画家随意涂抹的油彩,那些白的、粉的,该是报春的山桃花吧,它们娇羞地、矜持地开着,一处一处,点缀在绿和黄之间,丰富着人们的视觉。因为船是快速行进的缘故,感觉风还是有些凉,但是却可以忍受,不像冬天那般的刺骨。

我坐在甲板栏杆边的椅子上,心情是平日里少见的惬意和舒畅。看身边的湖水,幽幽地、安静地存在着,以她银亮亮的身躯,用村姑般朴素柔美的身材,扭动水蛇般的腰肢,从上游从从容容地流来。她从陕南千沟万壑的山间飞泻而出,一路清冽,一路欢唱,一路呼朋唤友,汇无数清泉小溪成汹涌河流,浩浩荡荡,幽幽而来。流到安康这片平坦的地带,河面变得宽阔了起来,如同一个人到中年的母亲,变得慈祥而宽厚,智慧而平静。缓缓的水流把大地冲成了湖泊,而一些拒绝被征服的地方则变成了湖中岛,金螺岛就是这样屹立于湖中的。

这个占地 20 余亩的地方因其形似海螺,且安康古称金州,故冠名金螺岛。岛上建筑以螺峰塔为标志,以厅、院、亭、廊、泉为主体,建筑雕梁画栋、富丽堂皇,既有南方园林古典秀雅风格,又体现北方雄浑豪放格调。时值初春,正是百花开放时,我们缓缓走在花下,怕惊扰了它们的心事。身边怒放的含笑、洁白的玉兰悄然闯入我们的视线,最震撼的是螺峰塔边上的一大片樱花,几个大树挤在一起,使得花儿看起来密密麻麻,淡淡的粉白色簇拥着,纯粹而安详,风一吹,遍地落英非常壮观。登上塔顶远眺,湖光山色,尽收眼底,虽天色近晚,但春风吹拂四周静谧。站在这里,唯有一句诗可以概括此时心境:"我看瀛湖多妩媚,料瀛湖看我应如此。"

回程时,湖面更显安静了,我默默地与瀛湖道别,很是庆幸这一次春日傍晚与瀛湖的邂逅,让我看到了它的安静、博大和魅力无限。岸边渐近,我们不得不收回留恋的的心,准备回到热闹的日子里去。

艺海
　　拾贝

带灯：飞翔在暗夜里的萤火虫

近读平凹先生新作《带灯》，因为女主人公与自己相同的工作境况，更因为作者直击现实的冲击力度，深感这是一部少见的现实主义好作品。

《带灯》中大量的事件描述令读者全面了解了中国目前最基层乡镇政府的真实面目以及他们的生存状态和精神状态。书中的女主人公带灯是一名乡镇综治办主任，肩负着维护基层单位和谐稳定的重任。社会基层的诸多问题像陈年的蜘蛛网，动了哪里都会落下灰尘，而她就是那第一个被灰尘沾染的人。她在努力解决问题，但是有些问题没法解决，甚至一边解决问题一边又大量积压新的问题，体制、道德、法制、信仰、政治、生态、环境的因素交织在一起。上边的任何政策、任务、指示到了乡镇那儿都要认真落实。他们在低廉的工作待遇条件下疲于奔命，还得喝恶水，坐萝卜，受气挨骂，许多人在这种环境里变得扭曲、怪异、粗鲁，失去了做人的底线。但是作为综治办主任的带灯是高贵而清新的，她骨子里是具有浪漫情怀的，她心怀自然，对物伤怀，性格坚韧而优雅，被同事们称为"小资"一族。她每天面对农民的上访和纠纷,面对乡民们贫穷的物质生活和贫瘠的精神世界,她善良的天性使得她对他们充满了同情,也在尽自己可能帮助他们。她在乡间发展了很多的"老伙计",其实就是好朋友,这些人的品味不是很高,但是都有善良正直的影子,所以带灯同情和敬重她们。当她面对那些无赖、不上进、自私等恶性时,她难免愤怒生气和哀叹。所以,她一直是在矛盾里完成着乡镇干部的职责。她既想要保持内心的超凡脱俗,又不得不向琐碎无奈的现实低头,面对每天无休无止的杂乱和沉重,她学会了抽烟。在陕南山区,除了客家女人和一些特殊职业的女性抽烟外,职场女人一般都是不抽烟的。作者安排带灯抽烟,一着急一生气就问人要纸烟抽,我理解这其实正是一种内心极度痛苦而又无奈的发泄方式。除了抽烟,她还常常带着属下竹子上山转,她与大山对话,与白云低语,向树木诉说,跟河水聊天,一切另类的生命在她眼里都成了富有精神境界的生灵。对于一个身不由己的女人,我更相信,这是一种转移和释放,也是一种有追求的女性保持精神独立的特有方式。

在这样的前提和背景下,带灯对乡人元天亮想象中的感情就更加的顺理成章了。元天亮是成长于乡间的混出了名堂的知名人士,还出版有专著,她与他并不相识,但是她从他的书中和他对乡村的感情里理解了他的精神世界。对带灯而言,元天亮是同类,是知己,甚至是可以寄托自己情感的载体,于是,她给他写信,无休止地写,给他寄中药、蜂蜜、核桃。干这些事情的时候,带灯是愉悦自由而且心甘情愿的,一个女人的深情、细腻和灵动展现无遗。他们之间没有恋情,连暗恋都算不上,只能说是带灯一厢情愿地认定了一条释放内心紧张不顺的渠道而已。在与他的对话里,带灯其实也是在顽强地寻找着另一个自己,或者是她怕自己堕落于俗世所做的一种抗争和保留。她是因为疼痛,所以挣扎。

带灯的痛苦是无法救赎的,放眼职场,有多少带灯式的女人也一样在抗争在努力在奋斗。当我们觉得心情无处释放,心灵孤苦无依时,走进《带灯》,看看那个奔走在樱镇的如萤火虫一样的女人是如何坚强地飞翔在人生的每一个日日夜夜的。她坚信只要活着,就要发出一丝光亮,不能燃烧但可以照亮。这样一种信念也许可以鼓励我们奋力前行。

神似白鹿　心如赤子
——对《白鹿原》里朱先生的形象认识

随着小说《白鹿原》被搬上荧屏,这部史诗般的作品再次被人们关注。经典是经得起一遍又一遍重读的,再看《白鹿原》,是在一个不经意的时间段里。在大跨度的时间和诸多的人物里,被一个主要人物——朱先生深深感动。

《白鹿原》以白、鹿两家人物生命轨迹为主线,描绘的是从清朝末年到新民主主义革命胜利期间关中农民的命运史。众多栩栩如生的人物构成了一个真实的农村生活画卷,而其中的朱先生无疑是最具有代表性的一个,这个人物身上凝聚着作者对人性最真切的希望和呼唤。他既是一个个体,也是我们这个多灾多难的民族最具精华的人格浓缩。

朱先生自幼聪颖,16 岁中秀才,21 岁中举人,最终成为关中大儒。不仅是因为他具有封建科举制度下的考试业绩,更是因为他一生都在以一个知识分子善良博爱、不惧强权、公道正派的思维待人处世。

李寡妇将六分地同时卖给白嘉轩和鹿子霖,引起了矛盾并告知官府，朱先生以文人的机智以同一首诗同时送给两家人平息了诉讼。不但使两个大户人家意识到互相计较不应该，而且还给李寡妇送去了粮食，彰显着朱先生同情弱者、关爱乡邻的普世情怀。

朱先生劝退二十万大军，在张总督为他接风庆功时，朱先生却只吃自带的食物，并说"朋友之交，宜得删繁就简"，走时又谢绝了车送马驮，一句"不宜车马喧哗"就把一个独立特性、不看重繁文缛节的君子形象跃然显现出来了。

朱先生深知罂粟给乡民带来的危害，得知妻弟白嘉轩私种罂粟后，先是将白家门楼上的"耕读传家"用黑布蒙了，然后亲自用耕牛犁了白家的烟苗，为白鹿原的戒烟带了好头，从源头上遏制了鸦片大肆流行的可能。

朱先生拟定了百姓乡约，被赞为"治本之道"，宗旨是教人为善，是最结合乡间实情的乡民道德规范。如果不是时局动荡，这些规范完全可以成为建造太平盛世的基本制约手段，也是封建知识分子期盼天下太平的美好理想的文字表达。

得知鹿兆海在前线阵亡后，朱先生不顾长幼辈分等俗礼，以"民族英雄不论辈分"作为行为的出发点，亲自出迎灵车，让白鹿原上的众人和读者肃然起敬。

这些众多的细节构成了一个有血有肉、有爱有憎的"士"的形象。他一生服务于乡民，心系国家，胸怀民族，死后，人们总结说："他一生有数不清的奇闻异事，全都是与人为善的事，竟找不出一件害人利己的事来。"

　　对朱先生死前的描写是最动人的：他算准了自己大限的时间，于是从容安排后事。最后一次理发时，突然对自己的夫人说了一句："我很想叫你一声妈。"这个超乎常规的举动正是朱先生长期以来灵魂孤独的直白表达，也是一个生活在动荡年代里，一心想通过礼仪、道德、善恶、是非等观念安静生活的文人心底无奈的表达。对母爱的期待是人在绝境里的本能反应，恰恰是这一细节使得朱先生的形象更加的真实而亲近。

　　我相信，在《白鹿原》里，朱先生正是陈忠实先生着力塑造的一个寄托着自己人生理想的一个人物。他是"仁义礼智信"的代表，也是文人志士以文救国，以礼对人，明辨善恶，不谋名利，终生做善事等优秀品质的高度浓缩。

爱这不好不坏的生活

在很长一段时间内,"宁为玉碎不为瓦全"是我的生活理念。我喜欢所有文学作品中的极致性格的人物,即便她们是悲剧的结局,我也欣赏这样的悲剧,并且尽力去效仿她们的做派,当时的日记里就有很多这样的向往和追求之类的句子。

年少时读《红楼梦》,爱极了黛玉,觉得人生就要如她一样,想什么说什么,似乎只有那样才不负活过一次。那时候,同伴中若有喜欢宝钗的,我必是回敬她一个大大的鄙夷,狭隘地认为她是宝黛之间的第三者,拆散了人家的美好姻缘,凭啥还要获得读者的喜欢?

作为一部伟大的作品,《红楼梦》是常读常新的,近来又读,忽然理解了"瓦全"的宝钗。作为一个客居贾府的亲戚,她始终是拘谨的,家里除了寡母,还有一个惹是生非的哥哥,如果没有她的周全和经营,这个家庭将会如何生存?这是她的宿命,家里她精心照顾母亲,家外她与人为善,尽力帮助和照顾黛玉、湘云、邢岫烟等姐妹,香菱若没有她的照顾,怕是早就香消玉殒了。设想一下在她的那个时代,知道怎么活就很了不起了,难道还要企求她思考为什么活吗？对于一个战战兢兢、处处小心维护自己，又不伤及无辜而且还处处给别人施以援手的小姑娘，她的宽容、善良、果敢和学识，就是在当下，又有几个人能赶得上呢？

回头看看自己的生命轨迹，布满的是"缺憾"和"不如意"，开始也憋着一股劲，想着短暂的人生咋样也要过上自己追求的那种生活，毕竟生命何其宝贵。那时看到身边的中年人平淡、中庸、宽容，总会警觉——不要像他们一样，我要坚持，我要拼，我不妥协。到底是从啥时候起，年少时万分鄙视的妥协竟如空气一般融进了我的生活。是我懦弱，还是生活坚硬？又想起了关于玉碎与瓦全的选择。再看看身边的人，有几个人过的是自己想要的生活，所谓理想，不过是燃烧在心头的一团暗火，有几个幸运儿可以遇到恰当的风来助势，大多数人还不都是遭遇了现实的雨。可是，日子总得一天一天地继续，直到有朝一日你会幡然醒悟：这一生，除了死亡是个必然结局，其余的一切皆是未知。

当下，飞速发展的科技给我们提供了太多的便捷，你无法拒绝融入，时代正以我们难以想象的力度捕获着每一个固守着自己精神领地的人。不管你是否喜欢，周围的一切依然如故，生活正以你不能察觉的狡黠让你偏离你本来的轨道，每一天，你都在渐渐落入你原本不想接近的那个境地。所谓心安理得，无非就是一种放弃的主观自觉和投降的情愿，否则，你一定是纠结和困惑的。

也许这世间唯有阅历是可贵的，年少时的想当然都是因为没经历，中年时的看开正是因为岁岁年年地认真活过、想过、哭过和笑过。

所以,坦然接受不完美的日子,重新定位生活的标尺,放弃偏执和曾经的执拗,不和命运相抗争,明白妥协也是一种智慧,宽容更是一种美德。

深爱这不好不坏的生活。

大胜靠德

——电视连续剧《下海》观后感

中央一台黄金时段热播的电视连续剧《下海》是我多年来坚持看完的为数不多的一部电视剧。虽然该剧在情节设置、城乡差别带来的观念落差等方面处理得不尽如人意，但对男主角陈志平的性格塑造却成为该剧最大的亮点，获得了观众的普遍认可和好评。

陈志平本是一个传统正直憨厚的大哥，在两个妹妹眼里具有着"长兄如父"的权威和慈祥，就连妹夫也要敬他三分，妹妹的口头禅就是"这事得先和我哥说，他同意才行"，在他的精心呵护下，全家人生活在安静、祥和的氛围中。但是改革开放的春雷炸乱了这个普普通通的家庭，先是大妹和妹夫自作主张辞掉了医院的工作去了南方，接着妻子被迫下岗，无奈之余选择了单位的二次启用到南方找项目，再接着就是小妹和妻妹的相继效仿。突然之间，和睦的一大家子就剩下了陈志平一个人坚守在原地了。那些忙着寻找自身价值和想通过获得财富来肯定自我的亲人们在陌生的地方开始了完全陌生的打拼。期间冲突矛盾不断，困惑迷离不断,诱惑挣扎不断,因为这里的一切都是新的,原来的规则不起作用了。面对彻底颠覆的价值观,每个人感觉到的是自由、新鲜,还有无所适从。似乎,在这里,只有"人民币"是衡量一切的标尺,有了钱就有了一切。在追求金钱的坎坷过程中,妻子遇到了房地产商旷大成,他们一起筹集资金炒地皮,一夜之间就有了车子、房子和面子,个人的私欲得到了极大的满足,转身之间就成了"周总",但是在遇到银根紧缩之后,瞬间就走到了山穷水尽的地步。大妹夫嫌当医生挣钱太慢,竟然也做起了经商发财的梦,一心谋划着要当老板,可是最后却被精明的老板算计。小妹夫是个直来直去的粗狂之人,在险象环生的商场根本无法立足,只有干最苦的差事,最后竟连命也搭上了。表侄女一心做着修理厂老板娘的美梦,不料对方竟是有妇之夫。可以说,在下海的曲折历程中,每个人都付出了这样那样惨重的代价。

　　然而,只有一个人是个例外。他下海既不是为了追求所谓的个人价值,也不是为了获取更多的金钱,而是为了道义,这个人就是陈志平。他被动地来到南方后,还是在一家单位兢兢业业的上班。可是,当自己的妻子参与集资无力偿还,尤其是当他知道了那个老实的王书记因无颜见全厂职工而自杀时,陈志平毅然决然地选择了下海。为了替别人还债,他组建了建筑队,期间虽然也经历了被骗等不顺,但是最终,他因自己正直憨厚、脚踏实地、认真做事、对人负责等优秀品质而获得了成功,而且他必将继续成功。

　　在商界,也许有的人因为某种机缘、手段、善于钻营等会获得一时的成功,但他们注定不会长久。正如剧中的旷大成,这个曾经豪情万丈想拥有世界上最多财富的短视之人,结局却变成了一个送猪肉的小人物,可以算是最大的黑色幽默。而陈志平,却以品质为基石,以道义为目标,他成熟、沉稳、坚定、憨厚,不管外界局势怎么变化,身外的诱惑有多大,始终坚守着自己做人做事的底线和原则。在他的身上,没有浮躁和急功近利,只有传统文化中那些优秀的品质。这样一个大男人,既寄托着创作者的美好理想,也满足了观众的期望:在今天这个风云变化的社会里,责任和担当成为公众最渴望的力量,也是我们老百姓心底最想依靠的基石。

点点滴滴都是情

在陕交报创刊二十周年的特殊时刻，回想起我与这份报纸一路走来的点点滴滴，从心底涌起的是无限的美好和感谢。

1998年6月，我从一名工民建专业的工科学生变成了一名公路系统的宣传干部。那年夏天，抗洪抢险是全国关注的话题，我怀着痛惜的心情，夜晚在灯下，在方格稿子上用钢笔写了一篇《洪灾带来的思考》投给了报纸的四版。没想到几天以后，这篇稚嫩的小文章变成了铅字，看着自己的名字变成了印刷体，我的心情和所有初学写作的人一样，是极度喜悦的。我把文章剪下来，贴在一本心爱的日记本里，注明发表的时间，还在旁边写了一句"艰难地飞，不管再难，起步总是好的"，作为新的人生的起步。

1999年春天，单位派我参加了报社组织的通讯员培训班。丁总在班上点名要认识我，还表扬我言论写的有思想，为我惶恐的内心注入了极大的自信。这次活动不仅学到了原来从未接触过的写作知识，也结识了一大批系统内的前辈，奠定了我成为一名基层通讯员的良好起步。

怀着一颗感恩的心，我以积极进取的精神状态很快进入了新的角色之中,胜任了新的工作,不时出现在四版的文章也成了我勤奋、努力和才华的佐证。

2003 年,我离开机关到施工企业任职,不管工作条件多艰苦,心里再累,也没有放弃写作。因为亲身经历了公路人的艰难与自豪,见证了为路付出而洒下的汗水,更收获了同事们真挚温暖的情义,这一切都为一篇篇文章提供了更加厚重的内涵。更叫人感动的是,报纸的历任编辑,都以朋友般的关注和爱护一直陪伴着我,他们知道我在基层单位,每年的通联会、培训会总不忘把我作为特邀代表。被一份报纸惦念是幸福的,我深感,只有不离不弃,写出更好的作品方能回报这一份深情。

2010 年又回到商洛公路局机关后,我继续着宣传干部的工作,客观上更加具有了在陕交报这个平台上继续耕耘的方便,特别是在交通作协的大力支持下,个人散文集《路上的歌》得以结集出版。难忘在整理这本文集的过程中,常常会为某一个场景、某一句话语把自己感动得泪水涟涟。十五万字,十二年时间,不算丰富,更谈不上什么成就,但是,这里有我情感世界最真实的喜怒哀乐,有对生活的礼赞,对事物的体察认知,也有一位公路人对职业的忠诚。

尤其是进入中年以后,除工作之外,写作日益成了我的梦想,生活中的疼痛和困惑,在我调遣文字的过程中拯救了我。我为此而着迷,我庆幸自己与文字的邂逅,也许是今生最正确的相遇。

"但写真情并实境,任它埋没与流传",作品贵在真实地表达思想感情,反映社会现实,至于是否"流传",我实在不看重这些。我坚持认为"文为心声",写作和生活一样必须秉承从容、淡定的态度。随着年龄的增长,知识的积累和生活的积累日益丰富,未来的日子,我愿和报纸一道不断进步,不为追名求利,但求活过、爱过、写过。

感受单纯存在的狂喜

——《在路上》读后感

《在路上》是美国作家杰克·凯鲁亚克为数不多的作品之一，被视为探索个人自由的主题和拷问"美国梦"承诺的小说，和马克·吐温的《哈克贝利芬历险记》和斯科特·菲兹杰拉德的《了不起的盖茨比》并列为美国的经典作品。

《在路上》里的人物实际是在寻求，他们寻求的特定目标是精神领域的。主人公迪安和他的朋友们是"叛逆的一代"，也是"垮掉的一代"，作者准确地捕捉到了他们生活的混乱感，并以"萨尔"的名称出现在行走之中。《在路上》里的时间纷至沓来，个人邂逅反复复杂，故事展开得如此迅速，以致于感情都被绕过或者忽略，都被淹没在作者叙述故事时的感情之中。

没有准备，不用思量，萨尔就这么随着迪安上路了。他们要在路上寻找生命的答案，是生命，不是生存，在他们看来，生命就是生存的最大的事。他们毫不担心接下来要发生的所谓的未来，截然挥别过去，狂热地体会当下发生的一切，全神贯注走进将来的不可知之中，丝毫不畏惧，不动摇，因为他们坚信所走的路就是自己的路。迪安行走,几次跨越美国大陆,随后抵达墨西哥。作为同行者,萨尔参与了行走,也见证了行走,用即兴的语言、现在进行的时态,不间断地记录了一切。在这些流淌的文字中,瞬间、永恒、疯狂和真理纠结在一起。

阅读《在路上》,最能感受的就是这样一种单纯的、存在的、狂喜的状态,在毫无定所的行走之后,美好和真实悄然呈现,于静默里,产生巨大的共鸣。一些约定俗成的经验都被轻松穿越,没有肯定和否定,只有美妙的体验和感受,这是一种身体的行走,也是一次文字的冒险,更是一种精神的放任。

他们不是像我们之中的大多数一样,只是希望到这里那里走一走,而是立即去走,对,就是行动。他们不是为了趣味或者理念之类,只是为了相信自己的存在。仅为这一点,他们一次又一次地出发,乐此不疲,终身执着。

迪安原则上对什么事都关心但又都不感兴趣,也就是说,他属于世界但却对世界无能为力。细想一下,我们当中的哪一个不是如此?只是我们总是以为自己可以改变一些什么罢了。

踏上路,在执意要幸福的信念下走下去,才是真正的强者,正如萨尔所说:"那一刻,我竟然认为,迪安福至心灵,全凭悟性和天才完全懂得他所说的话。那一刻,在万千道刺眼的天国般的光芒下,我得集中注意力才能看清迪安的形状,而他的形状像是上帝。"迪安是幸运的,因为萨尔看清了,常人眼里的流浪之徒,他们身上的反复无常只是表面现象,他们精神世界里的连贯性和坚定性,是最为宝贵的,是能够增强别人信念、勇气和锐气的东西。

　　这群在路上的人用行动证明,生活其实是简单的,勇敢而淡定地活着也是简单的。有些东西,是不能选择背弃的,是在生命与生活、存在与生存的二元对立间必须选择的,不是什么大不了的事。

　　他们希望过的就是生活本身,以一种自始至终"现在进行时"的状态存在。虽然"平静地去爱,毫不含糊地去信任,毫无自嘲地去希望,勇敢地行动,以无穷的力量之源来承担艰巨的任务是不简单的",但是,作者会告诉我们,虽不简单,但也不是不可能,哪怕一生只走一步,也是上路。

抗洪防灾:"怨天"更要"尤人"

甘肃舟曲的一场泥石流,再次把我们的视角定格在了"灾难"这个字眼上。8月15日的举国哀悼更使人难过和感叹,难过的是那么多的人在瞬间失去了生命和亲情,感叹的是:这是我们的国家第三次为普通民众举行的哀悼。从2008年5月以来,一次又一次,我们关注、流泪、叹息和哀伤。我们不禁要问:为什么灾害的频率越来越高?面对同胞的切肤之痛,我们应该做什么?

大灾过后重建家园自然是当务之急,但是思考和总结防灾减灾的经验教训也是非常必要的。俗话说:"吃一堑,长一智。"我觉得,灾难本身就是自然界的一种调解和平衡的手段,它在以特殊的方式修正着我们对大自然的认识。

对今年的长江水灾,一些专家本能的解释依然是气候异常导致,是"天灾"。我国长江上游地区,天公总是不作美,年初连续大旱,西南五省出现了人畜饮水困难;夏季来了,长江上游又大涝,奔腾的洪水无处去,袭击脆弱的城市。从客观上看,这肯定是气候变化的原因。在自然面前,人类还是摸不透老天爷的脾气。但却忽视了人的行为也会加重甚至诱发自然灾害。以长江沿线

为例,起码有以下几点是人为的原因:

第一,长江中上游植被破坏,从根本上动摇了山体植被的拦蓄功能。云南砍伐热带森林种植橡胶、转基因桉树,湖北一带放火烧山,种植纸浆林。经济效益有了,水的涵养功能却消失了。西南地区由于山高、坡陡、土壤抗蚀性差,加上降水量大,其生态系统实际上很脆弱,但这种脆弱性在未受人类干扰的前提下不会表现出来。一旦将天然植被破坏,普通暴雨就造成洪涝灾害。虽然经济林、人工种植林都属于森林,但它们的水源涵养能力比起天然林来,要差很多。

第二,将奔腾的河流拦腰截断,建大小发电站,挡住了洪水的去路。高峡出平湖,发电效益提高了,但抗旱防洪的功能可能就会下降。这是因为,没有水的时候,为了发电效益,水库是守住水不放的,这就加重了下游干旱;当水太多的时候,就开闸放水以自保,这就加重了下游的洪灾。中国建造大型水坝2.2万个,占全世界大型水坝总数的45%。从旱涝发生频次增加来看,人类无休止地"改河建库",可能是导致长江流域水灾和旱灾的"人祸"重要原因。

第三,围湖造田,大面积湿地消失,蓄洪能力降低。据资料查阅,湖北素称"千湖之省",上世纪五十年代,湖北面积百亩以上湖泊1332个,其中面积5000亩以上的湖泊322个。然而,由于"围湖造田",加上上游拦水,近几十年来湖北每年消失15个百亩以上湖泊。洞庭湖位于湖南省北部,长江荆江河段以南,是中国第三大淡水湖,原为古云梦大泽的一部分,由于泥沙淤塞、围垦造田,完整的洞庭湖现已分割为东洞庭湖、南洞庭湖、目平湖和七里湖等几部分。当天然湿地变成陆地后,洪水没地方去,只好袭击城市和农村。城市里为了整洁,大量的硬化地面。而水泥地面没有蓄水的功能,城市雨水系统设计时,根本没有考虑大量"客水"在短期内涌入。对于40岁以上的人来说,小时候家乡那宽阔的小河和村前纵横交错的水渠大都成了一种梦境。人在不断追求所谓"高品质"生活的同时,不断地占据着水的地盘,水已被挤占到了无处可待的地步。

第四,拉直海岸线,填海造田,将近海湿地填为平地。即使到了长江入海口,人们对自然的改造过程也没有停止,甚至变本加厉,"围海造田"就是明显的例子。或许有人会说,这对洪水的作用不大,但人类对大自然改造引起的负面作用是逐步积累的。陆地上水分通过大气环流得以与海洋交换。如果陆地上湿地减少,则云就很难形成,即使有云,因地表干燥,这样,上气(云)不接下气(湿地),降水格局就可能发生改变。"围海造田"增加的是陆地,但消失的是有重要生态功能的近海湿地。

痛定思痛,我们必须接受教训,反思人类自己的行为。只有保护自然,回归自然,与自然搞好关系,才能有效抵御各种自然灾害。正像央视记者专访国土资源部专家田廷山时所说的:人类和自然的相处要遵循的是"避让、顺从",而不是"改造"和"对峙"。我们不能总是在自然灾害面前"怨天"不"尤人",用"百年一遇""千年一遇"回避人类的责任。如果在短短几十年内,发生的十几次自然灾害都是"百年一遇"的,人类对自然的破坏就难逃

民国时的暖色

瑟瑟秋风里,偶遇一本《沈从文散文》,买回细读后,不仅领略了沈先生的卓越文采和本真性情,也为他和张兆和的动人爱情深深感动。

1923年,21岁的沈从文离开凤凰古城,独身进京求学,期间历经磨难,终因朋友接济得以生存,所以沈从文一生都对朋友之情怀着刻骨的感念,也深深眷恋着自己的故乡凤凰古城。而立之年的他,写下了举世瞩目的《湘西散记》,可以说,凤凰城的话语因了沈从文的存在,才变得缠绵了一些;凤凰城的沱江水因了沈从文的存在,才变得多情了一些;凤凰城的石板路因了沈从文的存在,才变得弹性了一些。

而沈从文的感情在《湘西散记》里,有着最干净最直接的表达,在寒冷的日子里,读着着实有一种暖心暖肺的感觉。尤其是那些充满了亲昵的软软的称呼,"三三"长,"三三"短,虽然是妻子张兆和在家里排行第三,但在整个《湘西书简》里,我们感受到的却是先生远别新婚妻子后缠绵地轻呼急叹,而这"三"也是苗家习俗中最吉利的惯称。看看他们结婚的日子——1933年9月

9 日,在苗家人看来,"三三见九"是最大富大贵的吉兆。先生一生对妻子说了太多太多的吉祥善话,这也正是大文人对至亲的人的一种家常投入,读来真是软煞了人。

张兆和是人间少有的幸福女子,这个成长于苏州的名门女子,在 23 岁毕业后,终于结束了与从文先生长达四年的师生恋,以一封电报形式答应了先生的不懈追求,而电报内容"乡下人喝杯甜酒吧"也成为文人婚恋史上绝无仅有的佳话。

来自湘西乡下的沈从文的情书,犹如他率真正直的人品和不会绕弯子、见情直抒胸臆的湘西山民。这些情书在今天读来,依然很美很真,那些随处可见的"山盟"和要死要活的"海誓",是在没有受任何约束的情况下脱口而出的本真表达,那时候的沈先生是最快乐的。至于字里行间的"布道"意味,无疑是和从文先生回乡途中所历经的血雨腥风、辗转飘零紧密相关的。漫长的旅途,他百般牵挂自己在北平的那一个小小家园,他既惦念亲人平安,又为前程担忧,他几乎一天一封信甚至是几封信,投往远方的爱妻。

他们真是幸运的两个人,一生拥有太多过密的圣情故事。战乱时期,张兆和在苏州的家毁于炮火,她对从文讲道:"有两件东西毁了叫我非常难过,最重要的一件就是你婚前写给我的信,包括第一封你亲手交给我的到住在北京公寓为止的全部。那些信是我俩生活最有意义的记载,多美丽,多精彩,多凄凉,多丰富的情感生活记录,一下子全完了,化为灰烬了。"不过,从文先生是传递圣情的高手。他又写了。后来兆和捧着那些珍贵的情书,深情地告诉先生:"我欣喜你有写信的习惯，在这种家书抵万金的时代,我们真是全北京城最富有的人了。"

　　不知道现在的北京城里，还有没有女子因为拥有情书而感觉自己是富有的。在眼下的婚姻里,情书到底还有多重的分量，能否抵得上众人推崇备至的房子、车子和票子？在通讯数字化的时代里,纸质的情书似乎已经退出了历史的舞台,短信、彩信、微信方便至极,想说什么,拇指一按就是"天涯若比邻"。可是,爱情里少了情书,少了思念,少了疯狂,也就少了分量和质量。而我们,走进这些民国时代的爱情故事里,不仅感受到那个时期的真人真情,也寻找到了一些情义的暖色。

那条路,一直飘飞在诗词的长河中

在中国历史上,没有哪一条路像丝绸之路这样,永久地飘飞在中国人的记忆中。这种动感一方面来自于丝绸本身的灵动和飘逸,一方面也是因为伴随着这条路,诞生了诸多脍炙人口的诗词。

翻开地图,甘肃以西,一条横贯其中的西行路线漫漫延伸开来,武威、张掖、酒泉、嘉峪关、安西、敦煌、玉门关——一串串响亮的名字就像一个个珍珠,将河西走廊的身躯充盈得丰满而清晰。丝绸之路,这条曾经构架起东西文化与经济的生命线,在活跃了十几个世纪后好像突然停止了呼吸,留给今人的多是关隘、城堡、石窟、驿站、墓葬和烽火台。伴随着这些冰冷的古迹所诞生的那些苍凉味十足的古诗词,却能穿越时间的隧道,使得古丝绸之路一直鲜活在我们的记忆之中,这正是丝绸之路独特的魅力所在。

初中时,在课本里学到了那首王维的《渭城曲》,尤其是最后两句"劝君更尽一杯酒,西出阳关无故人",心里便想,这"阳关"到底有多遥远,何以朋友到了那里就连一个喝酒的同伴都找不到呢?也许,我少年的诗情就萌发在这古典的客舍和柳色所焕发出的春意里,在后来的岁月里,我一直梦想着向西北而去,无奈却是一直纸上谈兵,仍是无缘西行,只有在夜深人静的灯下,手握一杯绿茶,想念大西北沙原莽莽,凉风习习。在这条漫漫长路上,听见蚕在汉语中低诉遥远而绵长的心事,或者骑上诗的骏马,在夜里西出阳关、酒泉、敦煌、石河子,念着许多未曾相见的名字一路驰去。想象着有许多的中国蚕,自江南三月的暖风里吐丝,那么多的江南女子,用纤纤素手,织七彩丝绸,宛若彩虹。西行的使者携带着丝绸和汉语,大漠里千年深埋的睡梦被沉缓而有力的马蹄敲醒,于是,一条路就飞起来,直飘向历史陈锁的眉头。

两千多年的漫长时光,正是因为众多诗词作品的存留,才使我们今天还能对丝路文化产生这么多美丽的想象和体会,真是中国文化之大幸。在这些不朽的文人中,诗人萨都剌是重要的一位,作为蒙元时的一位色目后裔,萨都剌毕生以汉语从事写作。他结合自身的行旅经历,执着地将沿途眼中所见、耳中所闻、心中所想展现在作品中。他没有家学渊源,其纯真的天性、浑厚的本色得以保持,更为可贵的是他与丝路之间那种剪不断的血缘关系,使他在表现丝路生活内容时更为纯真、娴熟。

我国历史上的蒙元时期,是丝绸之路交通发展史上的一个黄金时代,丝绸之路各主要干道第一次被完全掌控在一个国家和一个民族政权的手中。此时的丝绸之路,所覆盖的范围既有传统的西北区域,而且还明确地涵盖了东北地区,可以说,丝绸的华光异彩安然地笼罩着当时的整个北方。

　　萨都剌的诗歌作品,描绘了上京的景色。上京(又称上都),位于蒙古草原,是蒙元王朝的都城之一。牛羊散漫落日下,野草生香乳酪甜。卷地朔风沙似雪,家家行帐下毡帘,描绘了上京那种迥异于中原的边塞之景。凉殿参差翡翠光,朱衣华帽宴亲王。红帘高卷香风起,十六天魔舞袖长。描绘的是皇宫宴会的盛大场面。三月京城飞杨花,燕姬白马小红车。旌旗日暖将军府,弦管春深宰相家。小海银鱼吹白浪,层楼珠酒出红霞。蹇驴破帽杜陵客,献赋归来日未斜。描绘的是富贵的都城景象与清贫的文人形象的相互对照,显示出诗人心中的深沉感慨。而在《过居庸关》里,居庸关,何峥嵘! 上天胡不呼六丁,驱之海内消甲兵?男耕女织天下平,千古万古无战争! 则表达了诗人强烈渴望天下和平,反对战争的思想,成为萨都剌最著名的诗作名句。

　　现存的丝路诗词是"路文化"的现实版本,也是了解丝绸之路的窗口。时过境迁,今非昔比,面对陕西高速公路突破 4000 公里的喜人状况,每一位交通人都是欣慰的。在享受着今天便捷通畅的出行方式的同时,在诗歌里体味古丝绸之路的繁华和苍凉,更会真正理解它的艰难、坎坷和在中国道路史上的非凡意义,从而对开拓丝绸古道的先民们产生由衷的敬意。

书香里的智慧生活

什么样的生活可以称得上智慧的生活，不同的人有不同的理解。对我而言，就是知性、独立、包容、温厚、积极的生活。追求这样的生活是许多女人的梦想，而要达到这种境界，我个人认为最主要的还是要从书中寻找驾驭生活的智慧。

回望自己的阅读史，真的感谢书籍带来的巨大改变，从性格的完善、感情的经营、为人处世的方式等无不得益于书香的熏陶……

我接触的第一部小说是《林海雪原》，当时还是一个十二三岁的懵懂少女。书中的英雄群体在苍茫林海之中与土匪周旋，人物高尚的情怀、风趣的言行、细腻的感情无不叫我如痴如醉。为了急于知道下面的情节，我打着手电筒躲在被窝里如老鼠一样小心谨慎的情景至今还记忆犹新，匆匆间读完一遍下来，觉得太不过瘾了，又把重点章节重读。当时心里对这种战天斗地般的豪迈真是无限向往，想着长大了也当一名女军医，如白茹般可爱又坚强，定是非常惬意的生活。

第二部对我影响深远的书是《第二次握手》，这部在经过了中国文学漫长冬眠之后，初次解冻时期以科学家之间爱情为主

148

线的小说,在初期还是以手抄本的方式流行的,不过我看时已经变成了印刷体,也是一口气读下来,为丁洁琼和苏冠兰这对有情人却不能终成眷属而唏嘘不已。幼稚的同情心倒向了丁苏,而把大大的恨意都给了叶玉涵,觉得就是这个可恶的女人阻碍了别人的爱情,第一次体会到了情感领域里的荡气回肠。受这本书的影响,在高中阶段文理分科时,我毅然决然地选择了理科,骨子里存在着先成为一名女科学家,然后可能遇到科学家爱人的梦想。

第三部彻底改变了我性格的书是《简爱》,那是进入大学的初期,一个农村女子的自卑在群居生活的大学校园里显得格外的突兀。衣着的灰暗,语言的另类都成了不同于别人的刺,根根直刺内心的敏感。就在这时,我在咸宁路上的一个小书店里邂逅了《简爱》,自幼成长于修道院里的简爱以家庭教师的身份进入到了罗切斯特的庄园里,她身上的倔强、自尊和不屈深深吸引了男主人,最终也成就了他们之间的感情。尤其是简爱的那句"在上帝面前我们是平等的",这句类似弱者宣言式的告白叫我彻底明白,这世间没有谁天生就该是哪一类人的。自信,就这样在无声无息中从一个文学作品里的人物身上,魔法一般附着到了我的身上,成为我一生最可依靠的性格特长。

虽然,后来我到底也没有成为一名女科学家,毕业后在小城里几经辗转成了公路管理部门的一名党务干部,由一个理科生变成一名文字工作者。跨度虽然有点大,可是,对一个心理仓库已经储备了巨大能量的人来说,一切都是小问题。工作以后,我保持着阅读的习惯,每次搬家,最多的是书,与人交往,也最喜欢那些爱书之人,更愿意和他们交流读后的感受。

在婚姻里,我虽然没有遇到自己的"苏冠兰",但是,受到了《飘》里郝思嘉的启示,不仅明白了任性应该有限度,更知道了任何感情都是需要经营的。老公虽没有貌比潘安的外形,但他有和白瑞德相似的幽默,有善良憨厚的本性,陪伴着这样一个人,我依然认为是上天对我最大的眷顾。

生活对每一个人来说,都是全新的课题。一个人,以怎样的心态对待生活决定着她收获怎样的生活。我的生活,平淡却不失滋味,安静而富有情趣,清贫但具有内涵,合群然不乏独立。我感谢通过阅读融进我灵魂深处的品质。我相信,成长是终身的功课,我愿意继续把与书之间那些润物细无声的交流和陪伴当成今生最浪漫的遇见,在别人的生活里,领悟美好,寻找智慧,追寻一个平凡女人多彩的梦。

她比烟花还要绚烂

——再读三毛

休养期间，再次捧起了那套深爱的《三毛作品集》，用一个中年人的心境和视角再次走进这个大我 26 岁的女人的心里。

初识她和她的作品是在二十世纪八十年代末期，刚刚进入大学的开始，我省吃俭用陆续买回了《稻草人》《撒哈拉的故事》《万岁千山走遍》，等等。那时的年龄决定了当时的阅读主要是看细节，心里实在是羡慕她那样的特立独行的作品和人格，看完后心里十分期待自己的生命里也能出现一个"荷西"，能够像她一样过上随性自由的生活。

当我正沉浸在对她向往和着迷的时间段里，她却于 1991 年 1 月 4 日以一双丝袜把 48 岁的生命结束于医院。当报纸等媒体大肆宣传她自杀的消息时，我像一个被朋友背叛的人，伤心之余甚至还有些气愤：那么多的人追随你，向往你的生活，干嘛还要自绝？

其后的日子，我进入到了庸常的生活里，随波逐流、按部就班。现在的我，已是遍尝生离死别的中年心境，在空寂里，不知怎么心里又特别想与她再次相会，于是就有了五天来的阅读，重点看的是荷西走后的纪念章节，多收录在《梦里花落知多少》里。大概是因为年龄的原因，这一次看，读出的竟都是心疼和沧桑。

她一生足迹遍布世界 59 个国家，留下了 23 部 150 万字的作品，除了一部《滚滚红尘》被拍成电影以外，其余作品基本记录的都是自己的成长、流浪和感情经历。她自幼就是一个有自闭症的小女孩，上初中时因为数学老师的一句话，就开始了逃学，在家里呆了六年之久，19 岁时才开始重新上学。在她的生活里，没有世俗，没有等级，率性而为，她坦然追求人心的自由和本真，所以感情世界处处受伤又一片狼藉。第一次与荷西相遇时，她还带着前一段恋情的伤在马德里上大学三年级，而他还是一个漂亮的高三男孩。三毛对这个小自己 6 岁的男孩根本不在乎，后来荷西认真地叫她等六年，他还有四年大学，两年服兵役，三毛当时并没有真的在意这个约定，以后的六年里就没有了彼此的消息。期间三毛回到台湾后又遭遇了感情的打击，伤痕累累的她再次背上行囊，来到了西班牙，再次遇上了六年之前的小恋人，执着的荷西，为了她，不惜一切，放弃一切也来到了撒哈拉沙漠。他了解她，从灵魂深处知道她的孤独和漂泊，以及她率真自由的天性。他们庆幸彼此的存在，开始打造属于两个人的纯美世界，期间所有的作品都洋溢着叫人着迷的幸福和浪漫。

婚后六年，是三毛最惬意的日子，尽管生活拮据，荷西工作变故,还有劳务纠纷不时打扰着他们,但是,对于爱情至上的人来说,物质是其次的,有爱就有一切。她每天开三个多小时车去接他回家,后来荷西换了码头,她干脆抛下了家,去他工作的海边陪他,看着他工作。他们的恩爱叫同伴羡慕,连上天也嫉妒,1979年中秋节,婚后六年,刚刚30岁的荷西在潜水中再也没能上来。随着这个世间最爱的魂归大海,三毛开始了绝望而疯狂的日子,她甚至寄希望于通灵术来和荷西的魂灵相会,但是却日益更加的深陷。人间的孝道和朋友的挽留使得她不能立即随他而去,在其后的十二年里,对亡夫的思念,对作者的责任,对父母的承诺,使她坚持活了下来。可是她始终走不出令人窒息的绝望和孤独,她终于选择了离开,选择了追随他而去。我宁愿相信她的离去是另一种开始,是在另一个世界里更加自由地飞越和存在。

她让有限的生命绽放出炫目的光彩,并让回忆伫立于时间之上。她的一生都在寻找一种属于前世里的乡愁,遵照心灵的需求选择和寻找,她说:"我的人生观就是爱情观,婚后六年我是最幸福的家庭主妇,生活比写作更重要。"她短暂的生命,不顾一切都是为了追求一个"真"字,这种"真"成全了她,也令我们为她心痛和着迷。

提起他，我就会露出亲切敬佩的微笑

——读《苏东坡传》有感

　　去年春节，我最欣慰的不是买了新衣，也不是吃了佳肴，而是邂逅了一本林语堂先生写的《苏东坡传》。林先生在序言里说："我若说一提到苏东坡，在中国总会引起人亲切敬佩的微笑，也许这话最能概括苏东坡的一切了。"于是，在万民欢腾的热闹时分，我开始了细细地阅读。看完后，终于明白为什么人们对他即"亲切"又"敬佩"了。

　　他首先是一个重情义的人。第一任妻子与他生活了十一年后病逝，苏东坡在她埋骨的山头亲手栽植了三万株松树，点点滴滴地劳作中，融进了多少的情义和不舍。十年后，他写出了那首著名的《江城子·记梦》："十年生死两茫茫，不思量，自难忘。千里孤坟，无处话凄凉。纵使相逢应不识，尘满面，鬓如霜。夜来幽梦忽还乡，小轩窗，正梳妆。相顾无言，惟有泪千行。料得年年断肠处，明月夜，短松冈。"这是一首叫人读了摧心扼腕的千古名词。活着相伴十年，死后十年思念，梦中还回到了过去生活的地方，又看见了你年轻貌美的梳妆时刻。我想，他的妻子若地下有知，被这样的男人如此深刻的记着,也该笑颜如花了吧。第二任妻子是前妻的表妹,她以对东坡先生无限的崇敬和倾慕,以 11 岁的年龄差距嫁给了昔日的姐夫。这个贤惠的好女人,陪东坡先生经历着他的宦海沉浮,在黄州、惠州、儋州多地之间颠簸,但是,她绝无埋怨,一直默默陪伴在丈夫身边,善待着表姐的孩子。可惜,婚后二十五年,她还是病逝了。苏东坡曾发誓要和这个女人生同室死同穴,后来,是他的弟弟帮他完成了这一愿望。除了这两个妻子,还有一个由侍妾扶正的王朝云。她 12 岁进了苏家门,几十年来见证了东坡先生的得意和失意,特别是当东坡先生被流放到海南时,应是一生中最苍凉的时候。当"树倒猢狲散"时,是这个小自己 26 岁的女子,用生死相依的深情温暖着他日渐苍老的心。他为朝云写的词最多,他把她一直当知己对待。然而,连苍天都嫉妒女人对东坡的爱恋,十一年后,朝云又病逝。此后,东坡先生再无婚娶,只在夜雨孤灯的百转愁肠里,把对朝云的款款深情低低吟诵。

其次,他是一个率真的人。官场上,在新旧两党为了自己的利益拼杀时,他并没有为了私利而摇摆。王安石推行新法是宋朝历史上的著名事件,其中有食盐官卖的规定,盐价高的老百姓吃不起,他公然对此表示反对。后来,司马光又要废除新法,东坡又坚持说新法中利国利民的部分要有所保留。在官场中挣扎了大半辈子的东坡先生始终保持着文人本色,不巴结权贵,不睁眼说瞎话,一有不快意的事,就"如蝇在喉,吐之方快"这样的痛快淋漓,不管何种境况,都把脚步走得铿锵,这样的人,是可以叫日月灿烂、山河增色的真人。在酒场上，东坡先生从不怕酒后失态，他喝得酣畅也醉得坦然。和朋友"杯盘狼藉"之后，便"相与枕籍乎舟中"，大睡到东方露白。酒场是可以完全看出一个人的本性的，那些奸佞小人、虚伪之士在酒场上总是极尽奉承、使诈等手段，以达到个人的目的。再看看东坡之饮，真是如婴儿般地赤胆忠心，白云般洁净的心灵本真的表现。

他还是一个旷达的人。他"卒然临之而不惊，无故加之而不怒"，被贬黄州时，没有官奉，还自封"东坡居士"。一次途中遇雨，"同行皆狼狈"，独他引以为乐，"一蓑烟雨任平生"，表达的是宠辱不惊，去留无意。"也无风雨也无晴"，体现的是举重若轻，大无大有。如此胸怀和气魄，自古到今，谁人能及？在几度浮沉的宦海中，他顶多感慨"人生如梦"，但绝不发牢骚。他的一生，诗意地栖居在大地上，参与官场，心里装着百姓，日常生活，用心对待朋友，游历山水，写出了众多千古绝唱。他兴水利、修苏堤、练瑜伽、做"东坡肉"，他还采药配药给百姓治病。一般人，在任何一方面做出成就就很了不起了，可是，苏东坡却集天地灵秀于一身，揽世间才华于随意。他从宋朝走来，一直活在那些崇拜他、欣赏他、赞美他的人的心里，他是历史风尘里的极品，是上天送给我们的一个永远的惊喜。

向曼德拉致敬

　　和许多人一样,我本是不喜欢足球的。可是,本届世界杯因为是在南非举办,又和一个伟大的灵魂紧密相连的缘故,使我对于本届世界杯格外关注。在观看这一世界豪华的足球盛宴之余,我同时阅读的《曼德拉传记》,为我提供了更多关于南非和曼德拉本人的曲折经历,不觉使人对这位已经91岁的黑人领袖肃然起敬。

　　曼德拉因是家中长子而被指定为酋长继承人,但他表示"决不愿以酋长身份统治一个受压迫的部族",而要"以一个战士的名义投身于民族解放事业"。他毅然走上了追求民族解放的道路。由于曼德拉在废除南非种族歧视政策方面作出了巨大贡献而于1993年荣获诺贝尔和平奖。对于许多人来说,曼德拉已经成为南非的象征。

　　足球在南非的发展历程,与曼德拉的奋斗史是同步的。在种族隔离政策下,南非的第一运动只属于白人的英式橄榄球,外号"跳羚"的南非国家英式橄榄球队,长期由清一色的白人组成,在世界舞台上,那被看做是南非种族隔离政策的象征。国际足联不容许世界杯也沦为展示这种象征的舞台，从 1966 年到 1990 年，南非被国际足联禁赛。

在此期间，曼德拉在罗本岛的监狱中，经过不懈地斗争，他带领狱友先争取到了每周半小时的踢球权利，之后成立了岛上的"马卡纳足协"，设立了三级联赛。从此，足球在南非代表的不再是耻辱的被逐，而成为种族平等的象征。1987 年，荷兰苏里南裔黑人球星古力特，把自己的欧洲金球奖献给尚在狱中的曼德拉。2007 年，国际足联在罗本岛举行仪式，吸收马卡纳足协为荣誉成员。

他从二十几岁就开始坐牢，应该说是个要把牢底坐穿的人。他年轻时被抓进监狱，出狱时已经是七十几岁的人了。但正是他把上世纪六十年代被南非及全非洲使用得最频繁的词汇"种族隔离"送进了历史博物馆中。也是他把"南非少数白人统治"的字眼，从这个今天仍然不平等的世界里除掉，使得世界朝公平的方向又前行了一小步。

1990 年，他被释放。1994 年，在他的努力下，南非举行了有史以来第一次全民总统选举。他当选总统。但让全世界为之感叹敬佩的是，他并没有学周边国家独裁者们的那一套，而是与自己的白人对手——南非前总统德·克拉克握手和解，并请他担任第一副手。1993 年，他与德·克拉克一起赢得诺贝尔和平奖，原因就是两人携手废除了那万恶的"种族隔离"。

上世纪九十年代，南非过渡到多数黑人统治时代。1995 年，曼德拉就是利用体育而使得南非实现白人与黑人之间的和解。

他当年成功地举办了橄榄球世界杯比赛，使黑人很容易地就开始支持南非国家橄榄球队。所以，当曼德拉确定要出席世界杯开幕式时，最高兴的肯定还是南非黑人们，因为正是这位一生与"种族隔离"进行抗争的斗士，才将南非引领入一个没有种族歧视，只有平等，只有言论自由的道路上去。

他是非洲国家中，真正民选出来的总统。他的当选，代表着黑人的真正心声。他已经成为黑人世界里的精神领袖。

开幕式上，南非歌手莫洛伊演唱的歌曲《希望》正是由曼德拉填词的。这时，老人的声音也伴随着歌曲响彻全场："通过同情和关怀，我们可以创造希望。人类的宽容，可以消除任何逆境。"现场大屏幕上播放出曼德拉的头像，我们相信，此时此刻，南非人民、全世界人民都将与曼德拉同在。

仰望轮椅上的巨人

在这个烦心的午后,随手翻开了一本过去的杂志,却被著名作家史铁生所写的一组纪念文章深深感动。

史铁生是优秀的小说家,更是卓越的散文家,《我与地坛》、《病隙碎笔》都是我熟悉和热爱的名篇,也是史铁生用残缺之躯喃喃自语写出的最为健全而丰满的思想。他体验到的是生命的苦难,表达出的却是生命的深刻价值,他用睿智的言辞,照亮了我们日益幽暗的内心。他的文字与他的生命血肉相连,已经成为中国文学的经典篇章。

上世纪七十年代初,命运将双腿瘫痪的史铁生限制在轮椅上。近三十年来,他以残缺的体格承载着内心的痛苦、梦想,和对生命的探寻与追问。他无数次行驶在雍和宫附近的街巷里,徘徊在地坛树荫下的草地上,在这里,他邂逅的小人物小故事无不深深地引起了他对生命本质的探寻和深思。那个坚持长跑的男子一生都与成功失之交臂,铁生从他的经历中感受出命运的无常和人生的无奈,遂开始认命,思索,继而回归、发奋和超越。他的《病隙碎笔》是一位残疾者所拥有的健康灵魂的哲理思辨,是一本充满人道和爱意，诘问生死的玄思录。书中隽语睿句随处可见，思想的火花繁星般闪烁，他虽坐在轮椅上，身体被疾病所折磨，但在精神上却把自己从困境中解放了出来，因而，他总是呈现出自由、开阔、豁达和宽厚。

他的作品屡次获奖，在朋友们的记忆里，只要他出现在公开的场合，总会引起一些轰动，尤其是一些文学笔会、聚会上，他的轮椅像磁石一样吸引着千万文学爱好者的目光，大家争着推他，都是想表达心中的敬意。在推和抬的过程中，谦和的铁生面露羞涩和感激，但是脊梁始终挺着，那是他对生活的态度，也是不屈的灵魂表象的反应。

他顽强的生命终止于 2010 年 12 月 31 日。生命的最后时刻，他一直坚持着，弥留之际，挣扎着挨到天津红十字会医院来取器官的大夫奔进医院走向他床边，他才呼出了最后一口气，为的是自己捐献的器官一直处于血液正常灌注的状态。就是这样一个长期残疾的人，他捐出的肝脏植入到一个 38 岁的患者身上，他捐出的角膜已使一位患者复明。这个 20 多岁就因下肢瘫痪而坐在轮椅上的巨人，虽然无法站立起来，可在生命的最后关头，却以绝对的无私和大爱站在了道德的顶峰，成为一个爱人超过爱己的典范。

看到这里，我真的无法平静，眼睛自然湿了起来，深感这位大哥的精神已抵达极致。他平静地走了，没有带走什么，却留下了那么多的好作品，还留下了仅有的有用的器官，把它们分赠给需要的生者，愿他们活得更精彩。

也许,久病之人才会更真切地感到器官功能健全的重要性,30多年的轮椅生涯叫铁生深感功能受限是多么的不容易,所以他才对别人的生命也格外地珍爱和关注。医生检查以后,他惊喜于自己久病之躯竟还有可用的器官可捐,依然签写了捐献协议。那一刻,他是欣喜的,这种欣喜,是真诚的也是自然的,是他人性善良的最高表现。

看看当下,文场上的变质和炒作,官场上的蝇营狗苟、虚伪和耻辱更是随处可见,唯铁生——像一抹黑暗里的亮光,叫人们相信,这世间,追求真善美的火种,仍在传递、暗燃、蔓延。他留在轮椅上的背影,将永远被人们仰望、追忆和敬慕。

一生恰如三月花

——感受纳兰词的浅歌低唱

在中国浩瀚的文学史上，纳兰容若是一位颇具特色的词人。他被人们记得和传说，不是因为他是康熙的近臣，也不是因为他是宰相纳兰明珠之子，而是因为他是一位横绝一代的词人。他的作品以近乎心碎的惊艳出现在了清朝的上空，弥补了满人执政后在文学方面的空白。王国维称赞其曰："以自然之眼观物，以自然之舌言情……北宋以来，一人而已。"

纳兰容若多情又被情所伤，他20岁成家娶妻。夫妻恩爱的日子过了三年，妻子产后受寒而亡，又续娶，还有副室颜氏陪伴，但是亡妻的影子一直不能从他生活中消失。从此，"悼亡之吟不少，知己只恨尤深"。30岁时，结识了江南才女沈宛，相处一年后，纳兰容若英年早逝，短暂的爱情以悲剧结束。

纳兰词愁心满溢，离愁恨意自始至终。按说，他那样的男子是不该有这样的愁绪的。他有着显赫的家世，惊人的才情，纯真的初恋，聪颖的红颜，贤淑的妻子，委婉的妾室，还有一群知心知肺的朋友。若这样的人生，还要哀叹，那么那些衣不蔽体，身体和精神都无处安放的草根们又该如何呢？

在阅读《饮水词》的过程中，我不断地想象着他的境遇和心情，一会被他文字里彻骨的思念所触动，一会又恨他不该这样宣泄到极致，以至于叫当下的我也跟着长吁短叹。我想他也许是太顺了，若能如苏轼那样经历一些宦海的沉浮，也许能参透一点人生的惨淡和无常，反而会淡定从容许多！可是，容若不是的，他始终是不快乐的，他游走于锦绣丛中然而心境荒芜，这是他的心性所致。痛苦不是社会和家庭强加给他的，是他自己选择的。

容若的"相逢"是在人间，在围着栏杆的金井边，在落花满阶的暮春时节，少年恋人的眼波流转，是天真无邪的初见。容若在人间的结局是"一样晓风残月，而今触绪添愁"，而秦少游的"相逢"是在天上，结局却是"两情若是久长时，又岂在朝朝暮暮"。很明显，容若不快乐的原因是因为他万事无缺，所以容易执着于遗憾，始终为没有得到而惆怅难解，而饱经磨难的秦少游在尘世颠沛流离太久，反而懂得了寄希望于美满，不再执着于得到了。

影影绰绰的少年情事、恋人远行，这些缠绵的过往抽干了容若生命中的刚烈。他一生辗转在这些遗憾里不得解脱，险些辜负了身边的妻子，其妻卢氏是高官之女，自幼受到良好的教育，他心有别恋，她不是不知，只是不争。她知道他的回忆是他的依靠，她只是等着他会归来，可惜终究还是等不到。当她溘然长逝，他才恍然顿悟亏欠了她太多，于是悼亡之音喷薄而出，成为《饮水词》中拔地而起的高峰，歉疚和思念如缠绕在容若身体里的春草，顽固到无法自拔。青衫泪尽声声叹，融化得了冰山，换不回已逝之人，终于，他像梨花一样在春光最盛的时候凋谢。

　　读容若的词章，就如看一场古老的戏曲，或者看一场皮影戏，脑子里常浮现这样的场景：那时没有钢筋水泥，霓虹闪烁，没有无休止的工作的无法释放的压力。桃李芳菲的场景司空见惯，人在其下自由散漫，灿灿的时光是可以用来浪费的，多好呀。他们就是有离愁有别绪，也是不识人世愁苦的稚子，与今人相比，他们愁苦悠闲而执着。多年之后，我们还是会沉浸在他们的思绪里浮想联翩，虽然不能感同身受，但是于夜深人静处能获得一点暂时的纯粹和灵魂深处的共鸣，也是一种收获。

油画《父亲》:生命的警醒与思索

初遇《父亲》,是二十世纪八十年代初,我还是一个懵懂的少女,刚刚进入初中阶段的学习,是宿舍里最小的住校生。那时候家里还是一种极其贫穷的状态,我的父亲因为孩子多、无收入来源等原因对我上初中持无所谓的态度,因为村子里的女孩子基本上都只上到小学毕业就辍学了,我心里多少是有一种怨恨的。

《父亲》的横空出世第一次引起了一个十几岁女孩心灵的强烈震撼。画中写实性的农民父亲形象强调了真实的面貌,充满了人性的关怀,他的背后是一整片儿的麦金黄,是无数计的"父亲"一道道深沟似的皱纹,皲裂的双手,以及挂在干枯的毛发胡须上的汗水所换来的丰收。庄稼人的勤劳、朴实、诚恳以及任劳任怨无疑通过罗中立的记忆全部渲染进了画面中。中国从来都是个农业大国,农村人口永远占着绝对的比例,然而这一大多数群体从来不被看好,贫苦是他们的代言词,画中的父亲或许在辛勤劳作后只能捧着一个破裂的茶碗休息片刻。最多的人口做着人类生存最基本重要的事情,却过着最贫苦的生活。凝视着这一个陌生而又熟悉的父亲形象,我的脑中浮现出了自己父亲艰难生活的一个个片段:他披星戴月去山里掭椽子给家里盖房子,烈日下裤腿高挽在田里劳作,冒雨抢收晒着的小麦……一次次,一回回,经年累月,不曾记得父亲有歇息的时候。老一辈的中国农民父亲就是这样,把自己完全交给了土地和家庭,为了孩子们,苦撑苦熬,无怨无悔。

我是家里最小的孩子,出生时父亲已经 41 岁了,所以记忆里,没有父亲青春年少的影像。我初中那会,父亲已是年过半百的人了,家里正是最艰难的时候,哥哥们毕业后都窝在家里,还都没有成家。父亲不仅身体上劳作不停,心理上也是焦虑不安的,相比之下,我这个小幺女是否上学,似乎真的就不是什么大事了。

后来的求学路,我走得很艰难,但是,因为少年时与《父亲》的相遇,我好像彻底理解了一个农民父亲的卑微、无奈和坚韧。在成长的岁月里,每每经历一些艰难和挫折的时候,就会想起油画《父亲》中那古铜色的老脸,艰辛岁月耕耘出的那一条条车辙似的皱纹,犁耙似的手,曾创造了多少大米、白面? 那缺了牙的嘴,又扒进多少粗粮糠菜? 他身后是经过辛勤劳动换来的一片金色的丰收景象,他的手中端着的却是一个破旧的茶碗。就会想起自己父亲的勤劳、朴实、善良、贫穷,所以我再也没有对老实巴交的父亲表现过任何不满和怨恨。

历经岁月长河的历练,我也越来越明白了画中这位老农的形象已经远远超出了生活原型,他所代表的是中华民族千千万万的农民。正是他们辛勤的劳动,才养育出世世代代的中华儿女,他是我们精神上的父亲！在当下这种浮躁激进,什么都要追求"快"的时代里,也许我们偶尔静静地与《父亲》对望,会撩起许多农耕文明时代珍贵的记忆。我们的精神层面真的需要一种更深沉、更本土的东西,让我们不至于迷失和慌乱。

《父亲》是一副具有悲剧性震撼人心的作品,它对我们人生的警示意义将长久地存在。

这个秋天，让我们倾听降央卓玛

当秋意渐浓，天空日益变得高远，落叶随风纷飞，你也许失意，也许孤独，或者烦恼，或者悠闲。这时候，有一个声音，它如老友般宽厚，似情人般轻柔，不管你在何种状态，你的心灵会像天鹅绒般的熨贴，这个神奇的声音来自藏族歌手——降央卓玛。

她的歌声以草原雪山为背景，箫声悒悒，浑厚的歌喉，流畅委婉地倾诉了心中的思念，渴望美好的爱情，对美好生活有着不同凡响的诠释，感人肺腑，如身临其境一般。草原净土赐予降央卓玛清澈、醇厚的歌声，像大提琴委婉悠远，带着草原的芬芳，带着白云的圣洁，穿透人的心灵，让人的身心沉浸在无尽的快乐和喜悦中。

降央卓玛的每一首歌都有创新，让人有耳目一新的感觉，像一位抛洒甘霖的歌仙，将真挚的爱洒向人的心田。她的歌声里，能听到至真至诚的爱在心间荡漾，纯洁人的心灵，催人奋进。

降央卓玛的歌声如琴声潺潺，情歌萦萦，像香甜的酥油茶，沁人心脾，愉悦身心；像母亲的摇篮曲，亲切自然，平和心境；像高山的清泉，与天地共鸣，启迪心智。中央电视台《人物》栏目，为降央卓玛拍摄了两集专题记录片《藏族歌手降央卓玛》,在声乐界仅两人享此殊荣。央视编导在《导演阐述》中这样写道:"降央卓玛,异域特色的身世背景,温暖宽厚的歌声,端庄从容的台风,君临天下的气度,注定她将是二十一世纪歌坛的一颗巨星。"

那唯美的《西海情歌》,如明净的湖面上缓缓飘移着的一只小木船,平稳而惬意,如蓝天之中游过的白云,舒卷且自如;听《呼伦贝尔大草原》,又如广袤的草原上一架拉着稻草的牛车,洋溢着质朴而浓郁的生活气息,更如农家傍晚升起的袅袅炊烟,款款自然而又和美贴切;《草原恋》被她唱得自然、辽阔、美妙绝伦;《吉祥的藏历年》唱得欢快、真实、富有感染力。她虽是一位中音歌手,然而在高音之中却蕴藏着丰富多姿的变化,音色醇厚、和缓而纯净。

降央卓玛的天籁之声里,最感人的是她声音的透明感和鲜活感。她不仅音域宽广,而且声音纯净,具有不可思议的穿透力和与生俱来的鲜活灵动。从她的声音里可以听到一种深厚的爱与眷恋,起伏的情感化作动人的旋律,她将人性与自然融合在歌声中,温柔而执着地倾诉着人的情感,像大提琴一样的委婉。这样的歌就像是酥油奶茶,喝了之后就会美美地醉了。辽阔绵长的女中音,让人体验前所未有的感染力,回归心灵最原始的感动,发自生命底蕴的呼唤,辗转于历史的沉静与现实的喧嚣之中,在苍茫天地之间吟唱着。在这个歌如潮汐的年代,使人灵魂悸动的歌声,仍是那飘荡在那片广袤草地上的悠远旋律,那屹立在苍茫天地之间的亘古吟唱。

《中国合伙人》:很青春,很励志

电影《中国合伙人》是一部难得的国产好影片,看后还叫人久久回味。

首先是影片采用了清一色的偶像阵容,分别用黄晓明、邓超、佟大为来扮演片中的三个创业合伙人。成东青的内敛和敦厚,孟晓骏刀子样的眼神,王阳性格的大起大落,都被三个英俊的男孩子演绎地淋漓尽致。其次是性格塑造比较真实。我最喜欢邓超扮演的孟晓骏,他不是高大全的代表,似乎就是我们身边的同学和同事。成东青得肺结核以后,孟晓骏虽然没有去看他,但却送了本弥足珍贵的字典,这对他来说已经突破了很多,他就是这样的,"为了尊严,为了自己,为了公司,为了兄弟,为了中国企业,他要拿回他失去的东西"。无论是争吵过程的爆发力抑或是内心独白时的感染力,都达到了张弛有度的境界,邓超将整个人物的性格特征拿捏得十分到位。那种执着要改变世界的斗志,正是全片最热血、最霸气的地方,也是青春最可贵的底色。他看似坚不可摧,其实很容易被碰触到内心,是个极具矛盾的角色,也是一个最真实的角色。第三是全片大段的英语对白也成为全剧的一个亮色。据说,为了说一口流利的英语,导演特意安排五个老师给邓超贴身授课,累得他"连说梦话都在说台词练英语"。而黄晓明也是"死磕"英语,害怕别人说自己口语不行,他用了和片中程东青一样的"很轴"的方式苦练。他们说英语最精彩的就是最后一场的谈判,黄晓明一口气说出了四页纸的英语,其中还有大量的法律条款的专业词汇,学过英语的人都知道,这有多难。

　　片中佟大为饰演的王阳结婚那场戏是全剧的高潮,三个好兄弟之间的分歧来了一个彻底大爆发。一路走来,三个兄弟都积攒了很多的情绪,在酒精的作用下,终于绷不住了。争论最后,孟晓骏拂袖而去,王阳也跟了出去,留下程东青一人在满腹委屈中黯然神伤。也许人生的精神本质就是奋斗真实、乐观。哭过、笑过、闹过,但是真情依旧,追求不变。王阳是三个人性格中变化最大的一个,他大学时放荡不羁,和外国女同学肆意挥霍着时光,毕业后先是茫然散淡,后来才幡然悔悟,又主动融入了世俗生活之中。他的成长中有着大部分莘莘学子所走过的路的印记,也许青春就是成长,就是碰壁,就是相伴,就是帮衬,就是那酒后的发狂。我们只有经历了,才会知道,只有见证了,才会珍惜吧。

走进《诗经》，歌唱最淳朴的爱情

　　《诗经》是先秦文学的巨著，它开辟了中国抒情诗之先河，其中爱情诗灿若繁星，美妙绝伦，令人叹为观止。与爱情有关的诗多集中在《国风》中，这些诗对男女间情感纠结的描写细腻、生动，或爱慕，或暗恋，或相思，或追求，或幽会，无不惟妙惟肖，今天读来，仍觉赏心悦目。由于那时受传统礼教束缚最少，对物质几乎无任何欲望，诗歌表达的只是对生命的自然讴歌。与后世诸朝相比，《诗经》里的爱情犹如夜晚草尖上的露珠，清新而自然，晶莹而纯粹，令人久久地迷醉。

　　感受这些，最好是在寂静的夜里，在淡淡的乐声和茶香的陪伴下，以一颗虔诚而纯净的心，走近几千年前离造物主最近的地方，看看那些房前屋后的青草、山峦和岩石，听听走在纵横阡陌上的童年的人类心灵深处回荡着的天籁般纯粹的声音。

　　这些声音，拂去了历史的烟尘，歌唱着最最平凡朴素的爱情。任岁月流逝，依然在历史的长河中幻化出万千风情。循着睢鸠的关关之声，穿过水边袅娜的蒹葭，闲适地听听那些心情的浅吟低唱，芳草萋萋，山峦叠嶂，歌声悠扬。那些朴素的女子，明眸善睐,娴静优美,既大胆本真,又执着活泼。于沉静中回味那份雅致与美好,似正在淘尽时光的流沙,荡涤世间的尘埃,一任优美曼妙的身影穿梭在生活的浮光掠影之中,寻觅和领略属于远古的诗意与浪漫。

"青青子衿,悠悠我心。"这句话表面的意思是"你那衣领的青颜色,常常念你挂我心"。想一个人想到他的衣领的颜色。想得如此的精细入微,比起辛晓琪的那首《味道》歌中唱到的,"想念你的笑,想念你的好。想念你的白色袜子,想念你淡淡的烟草味道"要想得朦胧、纯洁。青青的颜色是朦胧的,也是梦幻的。它若隐若现正如想念一个人时痴痴的思绪。你努力回味着他的一举手一投足,可是你回忆清晰的竟是他青色的衣领。

"执子之手,与子偕老。"意思就是"让我牵着你的手,与你慢慢地变老"。这句话让我想起了两首歌,一首是苏芮的《牵手》,"因为爱着你的爱,因为梦着你的梦。所以悲伤着你的悲伤,幸福着你的幸福"。另一首是赵咏华的《最浪漫的事》,"我想得到最浪漫的事,就是与你一起慢慢变老"。

在人的生命旅途中能有一个和你相亲相爱的人,拉着你的手陪你一起走,那是多么幸福的事呀!"执子之手,与子偕老。"表现出最美好、最动人、最完美的意境。表达了两个人相互的关爱,表现了爱的平等,表现了他们对爱情的忠贞与坚定。无论未来的路有多曲折,只要牵着你的手,就有同患难,共承担的力量与勇气,即使是无情的岁月也不能改变。

爱情的结果都能在《诗经》里找到。而且是用最简短的话浪漫地表达了出来。一个结果就是找到了你的另一半,得到了美好的爱情。"执子之手,与子偕老。"另一个是没得到你的爱情,"所谓伊人,在水一方。"所恋的那个心上人,在水的另一边。蒹葭苍苍,白露为霜。美人隔着秋水,在那一方。浪漫的伤感,给人无限遐想的空间。往往你最爱的人,在生活的那一边。仿佛近在咫尺,却又不可触及,只能远远地望着她,能看见她的一颦一笑却与她身处两个世界。水,清澈纯净的地方,如梦如幻的地方。距离也是水,是飘渺无限、浩瀚千里的不可逾越的时间和空间。你最爱的人在水的那一边,你又在哪呢?是身陷生活的泥潭,还是挣扎在人生的苦海?

《诗经》里的爱情,就是这样直白、美好而充满了生活的伤感和无奈。正是这些,成就了这一部古老的文学作品经久不衰的魅力。

因路
结缘

泪 飞 飞

年终慰问来到了我局商南段职工刘安堂的家里。他是四年前不幸遭遇了车祸的一线职工,当时脑部做了手术,智力只相当于两三岁的幼童。四年来,在单位的关心和家人的悉心照顾下,他虽完全丧失了劳动能力,但总体情况呈现出向好的一面。尤其是今年,他竟然坐了起来,叫我们都感到欣慰,也倍加对他的妻子——一个善良的农家女人心生敬畏。当陪同的县段同志说明了我们的来意后,表情木然的刘安堂努力调整着表情,最后终于放声大哭了出来。这一哭,把在现场的所有人心都哭软了。也许,在他有限的思维空间里,单位、同志、领导这些朴素的词汇还保留着原始的意义,也许这些年身体忍受的伤痛和精神上的委屈,在见到了同事们以后,只有用泪水才能表达一切。在公路行业的基层待久了,人心真的是会变得很软很软。软,是真善美的底线,这是我上车以后的感触,也不由得想起了过去工作中几次的泪水飞飞。

在施工单位五年多的时间里,日日陪伴着公路建设者的酸甜苦辣,心思软得不行,常常是泪流满面。记得2004年夏季,我们刚刚铺完商洛路的稳定砂，夜间一场大雨把新修的路基冲了个面目全非。第二天一早我和我们当时的厂长王和平一起去查灾，车只走了很短一点路就没有路了，只好下车步行前进。显然，灾情之惨烈远远超出了我们的预料，18公里的路基基本是荡然无存了，完好的都只剩下了很小的一段，刚刚凝固的水泥稳定砂被洪水撕裂成了大小不等的小块横七竖八地躺在那儿，孤零零地像似要诉说昨晚的遭遇。看着这满目疮痍的惨象，王厂长当即潸然泪下，一场大雨不仅冲走了我们兄弟姐妹多日里的劳动成果，也深深刺痛了这个18岁交校毕业就进入公路行业的技术干部的心。

后来我们历经诸多艰难，在经过了近四个小时的泥泞之行后，终于到达了项目部所在地。那些被昨晚大雨吓着的年轻女职工，一看见我俩来了，像是见到了亲人一般，扑进我怀里瞬间就哭得稀里哗啦了。我眼睛一热，眼泪也如决堤之水夺眶而出，为眼前的真情，也为这大灾之后干群之间亲密无间的依靠。

2006年夏季，我局华通公司在安塞境内中标的高速公路路面铺筑到了最后的关头。为了庆祝最后的合拢，许多领导都来到了现场，我清楚地记得，在离摊铺机不远的地方，刚刚调任我局的纪委书记周宏斌同志被眼前一群"赛非洲"的施工人员惊呆了，看到那个个头发直立、面色黝黑的小伙子，周书记当时留下了眼泪。时任我局局长的王林同志心痛地对我说："工地上太艰苦了，军良的胳膊都晒得脱皮了。"正说着，项目经理尚军良走过来了，猛一看，我几乎不敢相信眼前这个皱纹满脸、头发乱乱的人就是我们曾经玉树临风般潇洒的厂长。再看他的胳膊,真的一层一层地脱着黑皮。我心头一紧,泪水立即就下来了。

情愿面对一线、面对职工、面对感动、面对震撼,因为真情,眼泪飞飞。记忆中的泪水,不管是领导的,同事的,都是伟大而真诚,它叫人有了伟大的情怀。不要笑话泪水,它是至真至诚的感情最直白的表现。许多的情景,因为感同身受因而心灵相通;许多的艰难,因为共同面对因而惺惺相惜。泪水的加入,使得我们的行业变得温暖而富有人情,这是公路行业的骄傲,也是我们深深热爱它并愿意为之奋斗的理由。

卖西瓜的陕北孩子

　　盛夏的一天,我和朋友驱车从壶口走向延安,在距市区大约30公里的路边,遇见了一个卖西瓜的摊点,在炎热的季节里,看见清脆鲜亮还带着瓜秧的西瓜,不由让人口馋。于是停车问价,说是一块钱一斤,随手又指着身边的西瓜地,承诺可以看上哪个摘哪个。我们站在路边可以看见那卧在绿海之中的小小圆圆的西瓜,也许是平日里见惯了超市里死气沉沉的瓜果,加上摊主是个十六七岁的男孩子,看起来是一脸的稚气,我们立即决定要用现买现吃的方法庆祝这旅途中的奇遇。孩子高兴地从地里摘下一个小圆西瓜, 一称是七斤重。朋友问他是否可以断定是成熟的, 孩子说:"不熟的话给你们换一个, 保你吃到熟透的新鲜西瓜。"于是我们放心地叫他提刀杀瓜,哪知一刀下去,那瓜瓤竟还是白生生的那种,瓜子颜色也是白的,很显然这是一个远未成熟的西瓜。孩子二话没说,转身跑到地里去重摘西瓜了,我们就坐在瓜摊边上的小凳子上等着。我随手取出桌下篮子里放着的一本书,里面还夹着一支笔,打开一看,是一本高一的数学书,我们马上明白了,这是一个放假在家的高中学生,坐在路边温习功课兼顾卖瓜,因为没有经验摘下了未熟的西瓜。我对朋友说:"这是一个勤苦的学生娃,卖瓜间隙还在看书学习哩。"大概因为同行的都是出身农家的寒门学子吧,顿时,我们觉得和这个孩子亲近了好多。说话间,男孩抱着一个西瓜上来了,急急地切开,竟是和第一个瓜一样的未熟之瓜。善良的朋友赶紧说:"可能就是这样的品种吧,我们将就着吃就行了。"

可那孩子一脸的正经,他争执一般地说:"是我事先给你们承诺的,要保熟保甜,你们等着啊,我再去摘。"说罢,小伙子风一样又跑到地里去了,我们面面相觑,心里很不是滋味,一个朋友说:"我们给娃留点钱吧,大热天孩子太不容易了。"另一个朋友说:"这个年龄的娃,怕是很敏感,弄不好要给你翻脸。"说话间他又抱着一个西瓜回来了,动作麻利地切开一看:鲜红的瓜瓤赫然展现,我们都长舒了一口气,孩子也狠狠地说:"就不信我摘不到熟瓜。"我们都笑了,随即开始了对西瓜的"进攻",一阵扫荡就结束了战斗。我一边帮着打扫桌子一边试探性地问他,家里的经济状况、学业的情况等,他矜持而礼貌地回答着。当我说到因为多次麻烦他摘瓜而导致两个西瓜报废,想给他一点补偿时,孩子立即特别坚决地回绝了,并说:"你们远道而来,能吃到我家的瓜也是稀奇,是我没有经验,不会认瓜,不关你们的事,你们只要付了最后那个五斤重的瓜钱就行了。"因为我们第一个瓜是七斤重,我的手里已经拿好了七元钱,于是顺手把钱给他,孩子一数多出两元,立即就要退还给我,在推让中我们一行已经上车。当我摇下玻璃与他告别时,他再次准确地把那两元钱从车外送了进来,并客气地祝我们一路顺风。

车子徐徐开动了,回望阳光下那挥手的少年,我心里涌起的是深深的敬重。出门在外,我们见惯了各种各样的陷阱和欺诈,利益像一把利剑常常会把人心刺痛,而一个陕北男孩做人的质朴,尤其是对承诺的坚持却如太阳的光辉一样将我们的心里照亮。

真心祝愿这个集清澈和善良于一身的孩子能够考上理想的大学并拥有一个美好的未来。

傍晚的诗意

某日傍晚与朋友相约到了一个农家乐——一个位于城乡结合处的地方。只见木门楼的檐下,挂着两只大红的灯笼,红彤彤的光束,传达的是友好和接纳。这种红,在灯红酒绿的城市里不算什么,但是在这层峦叠嶂、绿意幽深的大山脚下,却给人踏实的感觉。推开油黑的大门,一种似曾相识的感觉油然而生,如果不是陌生的四壁,我会以为这里是我曾经居住的地方。我在庭院里打滚撒欢,无忧无虑地成长,跟屁虫一样尾随着母亲在房后种树庭前种花,在松软的泥土里播下种子,在施肥和浇水的忙碌中期盼种子破土而出,让朴素的植物在阳光下自由生长。难得的是种花的心情,用自己的双手亲自打理房前鲜花,听知了在夏天的风中吟唱。这种绚烂虽然不能决定一家人的贫富,但它决定着这家人的精神风貌,无论家境如何,仿佛有了它们,日子就多了一份殷实,只要看到房前屋后的绿色,日子就回归了宁静祥和。

可如今,当我拼命变成了城里人以后,竟越来越向往乡间的生活,心里无数次地设计着自己梦想的居所:一间屋子或者一座院落,一张床,一张桌子,再有一片属于自己的土地,可以在其间种花种菜。对我来说,小院不仅是一处安放身体的地方,也是一个盛放心灵和思想的地方,在喧嚣拥挤的城市里,在这充斥着利欲和倾轧的时代,在这无处不是尘埃的空气里,我的心脏几乎达到了不堪忍受的程度。拥有一处深藏于山幽深处的小院,有鸟鸣,有溪水,可以无限地亲近自然,对我来说,是多么的迫切而又不现实啊。

我也深知,这个美好的愿望是难以实现的。所以,于庸常的日子里,我只能以这种方式选择一时的逃逸,以一个过客的身份暂时落座在寂静的小院里,傻傻地幻想着能长久地安静地居住至暮年,深情地望着远处的山峦,悠闲地欣赏眼前的落叶,用瞬间的诗意丰盈一下日渐麻木疲惫的身心。

同去的朋友们正在热烈地讨论着工作中的某个焦点问题,这会儿正争得面红耳赤。这群可爱的同事,以修路架桥为主要生活内容,把枯燥的职业生涯经营的充满激情,闲暇时也在探讨技术问题。相比于他们,我的游离是自我的,它是一个敏感女人的心灵之旅。多少年来,我们是彼此的镜子,看到他们实实在在的辛劳和汗水,我常常会为自己的伤风悲月而汗颜。而他们,总会在我的文字里感受到:生活除了艰难和辛苦,也有诗意。

门外是朦胧的灯火,大红的颜色,衬托出山里特有的安然和宁静。厚道的老板热情地端出了农家小菜,粗糙的器具,笨拙的手脚,独特的方言,与静谧而朴实的氛围相得益彰。

我收起了心思,回归到众人的话题中,在暖融融的氛围里,开始了别样的晚餐。

那年七夕

七夕节,是中国传统节日中最具浪漫色彩的一个节日。面对夜空,古往今来有多少人带着对美好爱情的渴望,憧憬着自己的未来,又有多少文人墨客借着传说抒发人间的真情,把七夕的美好和浪漫发挥到极致。

由于各人经历的不同,同一个七夕节,各人的记忆和期盼也各不相同。作为一个公路工作者,因为与职业紧密联系,直到今日,我仍旧记得2006年在延安度过的那个别有意义的七夕。

那天是我局华通公司所承建的安靖路路面摊铺的最后一天,为了见证这一神圣时刻,现场聚集了许多人,除了管理处领导、监理办代表、局领导等,还有《商洛日报》的几个记者。当最后一车沥青混合料被碾压平整,整段高速路成为一条完整的飘带时,现场响起了震耳的鞭炮声。作为建设者,没有人比此时此刻的我们更为激动和感概。那曾经的汗水、辛劳和艰难都在瞬间化为了舒心的笑容。

下午,管理处设宴招待建设单位。我们华通二处的参建者都成了座上宾,不仅领受着不绝于耳的赞扬和肯定,还被管理处的领导——邀请碰杯以示庆祝。在整个建设期间,我们虽然是首次参与高速公路路面建设的单位,但因为精心地组织和管理,在连续六个月的月评比检查中,取得了蝉联第一名的好成绩。这给所有参建者留下了极好的印象。那一刻是建设者最为荣耀和欣慰的时刻,这些被紫外线晒得面目黝黑的男子汉从外貌上看简直可以和非洲人相提并论,走在人群里绝然不会引起别人的注意,可此时,个个都是一脸的自豪。自己的付出被别人肯定,对他们来说就是最高兴的了吧。

晚上,报社朋友在被我们深深感动的情绪指使下,硬是吆喝我们又来到了歌厅。刚坐下,他们中间的一位就郑重宣布说:"今天是七夕,是我们中国的情人节,所以今天相遇于安靖路,又结识了这么多的公路系统的朋友,实属幸运。"又说:"情人节的'情'绝不能只理解为男女之间的'情',此时,就是广义的朋友之间理解支持的'情'。"话音一落,立即招来了阵阵掌声,在之前席间酒精的作用下,大家的情绪持续高昂着,于是,歌唱者都很踊跃和大方,全没有了平日的拘谨和扭捏,但是所唱之歌却全都是表达情意的委婉之作,尤以思念为主。作为他们之中的一员,我是深深理解我的这些兄弟姐妹的,为了抓质量赶工期,他们牺牲的可是太多了。我们的王总一年在家的日子只有20多天;我们的副经理尚军良长期驻守在工地,疲惫的面容、渐露的白发已全然失去了平日里的翩翩风采;我们的技术负责金照日夜加班也落下了严重的胃病;还有那无法书尽的许许多多普通的建设者。一个项目的最终建成,融进了公路人多少心血和汗水啊!

　　而此刻,是欢庆胜利的时刻,也是表达对妻儿老小思念和愧疚的时刻。看着他们一个个质朴的表情,孩童般喜怒的表现,虽然歌声不太悠扬和嘹亮,甚至还有些跑调,可是感情却是纯真至极的。尽管,平日里,他们是沉默的,是忙碌的,也是不善表达的。

　　我庆幸自己见证了那个真实而美好的时刻，因而也对那个不同寻常的七夕节记忆犹新。

那些告别却依然可敬的身影

我 1998 年进入公路系统工作,2003 年 4 月开始近距离地接触到施工单位,亲身感受了公路建设的艰辛与幸福、快乐和遗憾。那些以路为缘与同事们朝夕相处结下的纯洁友谊,那些为路付出而洒下的滴滴汗水,那些在艰难和挫折中同事之间互相支持和理解所留下的点点滴滴都变成了温暖的记忆。时光荏苒,岁月像风一样悄然走过,这些珍藏在心灵深处的记忆却如幽兰一样馨香,轻轻触及便暗香浮动。随着年终岁末的临近,我的脑海中又浮现出了参与靖安高速路建设的日日夜夜, 以及活跃在那条路上的一个个忙碌而可敬的身影。

时任商洛公路局沥青拌合厂厂长的王和平被任命为项目经理,靖安路路基工程是我们商洛公路局取得施工总承包一级资质后中标的第一个高速公路项目。开标后,喜讯传来,全局上下一片欢腾,当他豪情满怀地带着一支没有任何高速公路施工经验的队伍来到现场以后,感到了前所未有的压力。他横下心来,以工地为家,在潮湿、阴暗的窑洞里精心谋划着每一个施工的细节。在去铜川考察料场的途中,因急性阑尾炎发作住进了医院,手术后很短时间又回到了工地,早把自己还患有冠心病,不能劳累的医生叮咛抛到了脑后。2004 年,他创造了一年在家待的天数只有 18 天的记录。

时任商洛公路局拌合厂副厂长的尚军良是这个项目的副经理,开始时他也为能否干好项目捏了一把汗。后来,他将人员合理搭配,在相当长的时间里,项目部坚持每晚召开碰头会,交流工作,研讨技术难点,还先后聘请临近标段、监理单位、省内知名专家等来工地辅导施工中的具体业务,一时间,项目部的会多成了鲜明的特色。经过两个月的集中学习,大家的业务能力大大地提高了,工作的程序性、自觉性、责任心都大大增强了,各项工作也都走上了正轨。而他自己,因为长期的操劳,才三十出头的年龄,竟也白发渐生,皱纹悄悄爬上了眼角。

计划统计部主任金照是厂里技术部负责人,这次远征到陕北,也是憋足了劲,白天跑现场,晚上做资料。为了工作方便,他干脆把床也从宿舍搬到了办公室,有时候计量资料要得紧,就彻夜加班,实在累得不行了就合衣躺一会,起来继续干。同志们心疼地说:"像你这样的干法迟早是要累跨的。"可他总是腼腆的一笑,所有的辛酸和操劳也就在这笑容里变成了自豪和骄傲。

在当时的靖安项目部,类似他们的人比比皆是。在他们中间,有几个月婴儿的母亲,有结婚三天的新郎官,有父母重病无法在床前尽孝的儿子,也有为了工程将婚期一推再推的技术员……

正是在许许多多有名和无名的建设者的努力下,这支首次参与高速公路路基建设的队伍竟然连续五个月荣获月评比第一名。为单位争足了荣誉,也把商洛公路人敢打敢拼、不向困难低头的优良作风展示得淋漓尽致。

在全省的高速公路建设中,我们的付出只是个微小的缩影。3000公里的通车里程,对普通人来说,是个出行方便快捷的标志。只有建设者知道每一公里都是用汗水铺就的。看着那美如飘带的黑色路面镶嵌在青山流水之中,建设者眼中露出的是欣慰。当他们行驶在自己建成的路上,感受更多的是自豪,是建设过程中的美好记忆。

只有近距离地走进他们的生活,才能感受到这欣慰背后的艰难,自豪背后的辛酸。才能明白我们的同事在工地晒黑的是皮肤,流淌的是汗水,但塑造的却是公路人吃苦认真、敬业奉献的行业精神。

当大道建成,他们又会匆匆赶往下一个工地,留给人们的只是平凡普通的背影。可每一个桥梁,每一道涵洞,每一粒石子都记载着他们奋斗的足迹,都是他们无言的丰碑,任寒来暑往,都会把他们奉献的豪情默默咏颂。

秦岭最美是深秋

　　省道 101 过去是连接秦岭山脉和关中平原的唯一途径,也是昔日韩愈"云横秦岭家何在,雪拥蓝关马不前"所描述的路段。该路段在商洛境内只有 17.6 公里,其余皆在蓝田境内。随着蓝小二级公路、沪陕高速、福银高速的开通,101 省道已经不像往日那么车来车往了,除了个别商洛到渭南的班车和拉砖车经过,路上基本无其他车辆。加上这里山高入云,公路蜿蜒盘旋,路外绿树成林,不管哪个季节呈现出的都是绝对的静谧。

　　常年生活在秦岭山中的人都知道,每年到了深秋季节,秦岭红叶漫山遍野,色彩斑斓,美不胜收。不久前的一个周日,我沿着101 省道爬上秦岭去看红叶,一路蓝天白云相伴,心情如飞翔一般的愉悦。

　　这里的森林覆盖率达 75.8%,生态环境优美,地质地貌以"峰奇、路险、石怪、景秀"著称。驱车行走在暖暖的秋阳下,看窗外峰回路转,已经变红的叶子无疑是个急性子,早早呈现出瑰丽似霞,而慢腾腾的绿叶则固守着夏日里那一抹翠绿迟迟不肯褪去。伟人笔下的"层林尽染"在这里有了最真实最直观的表现。

　　行走在这样的氛围中，叫人不自觉地想起了那个叫王维的唐代大诗人。他诗与画的巅峰之作，都集中出现在秦岭山中一个叫辋川的地方。他的《辋川图》，被历代中国山水画家视为神品。与历代才子的人生际遇相仿，王维在学业上顺风顺水，在仕途中却命运坎坷。40岁时，他便倾心秦岭，在辋川住了下来。荆溪白石出，天寒红叶稀。山路元无雨，空翠湿人衣。在王维的眼中，秦岭的绿色是那么空明而浓郁，连空气中都充满了绿色元素，让人整个身心受到浸润，绿色在人的眼中甚至到了没有下雨的情况下就可以打湿衣服的地步。王维眼里的秦岭山水澄明、安静、淡雅、内敛。他独自一人悠然自得地在山中随意游走，感受着整个身心与山水融为一体的惬意和自在。大秦岭以博大的胸怀接纳了落魄的诗人，诗人又以不朽的诗句咏颂着秦岭。

　　坐在车内，我想象着在一千六百多年前的唐代，人与自然之间的那种和谐、互敬和互慰，那时的秦岭与今天的现状注定不同。对于现代人来说，全球化的文明进程和生态危机几乎是并驾齐驱地飞驰而来。急功近利的现代人丧失了亲近山水的耐性，也失去了被山水感化的禅意。欣慰的是，据统计，秦岭的生态退化速度在中国所有山系当中最为缓慢。得到良好保护的秦岭对于整个中国来说，都是巨大的福音。

　　转弯后抢入眼帘的秦岭道班把我的思绪一下子拉回到了现实中，院内的一抹橘红色更促使我停下车来，我知道那定是我们常年坚守在大秦岭深处的优秀养路工——段瑞仕。看到我来，憨厚的老段把一双手在身上蹭了又蹭，然后激动的像见到了亲人一般握着我的手。我告诉他，只是周日闲游并无公事，他取出椅子我们坐在院子聊了一会儿。长期的独处，简单枯燥的工作使他倍加珍惜每一个愿意和他接近的人。老段说，冬天马上要来了，他正在加紧备防滑料，今天车出了一些小问题正在修理，所以才有时间呆在道班。

和他分手后，我一口气上到了秦岭最高端。抬脚就进入蓝天界了，路边的农家乐相比于盛夏有些冷清，但依然有三三两两的游人在此小聚。因为海拔的原因，风中透出一丝刺骨的凉，可以料想，大雪之后的秦岭，定会是一片琼枝玉树，那种晶莹剔透的洁白是不同于秋季的另一种美。

秦岭的四季肯定都是美的，盘绕在山中的101省道在一线道工的尽心呵护下，以畅通和安静帮助来自四面八方的人们实现了亲近秦岭的愿望。不管你在何种季节，怀着何种心情走进秦岭，这无言的大山都会给你莫大的启发、安慰和回馈。

对我来说，最美就是当下——这醉人的深秋。

施工队伍里的女人花

　　公路施工是个艰苦的事情,长期打交道的那些水泥、砂石、沥青都是些外表难看、质地僵硬的实物,提起来总难免叫人联系到冰冷和直接。受此影响,从事公路施工的人似乎也都是坚硬、客观而不好接近的那种。去年迎国检期间,我接触到一个讲解员彻底改变了这种固有的认识。

　　她就是我局下属施工单位的一名女技术员——王爱妮。这个出生于 1983 年 1 月的农家女子是咸阳市淳化县人。2003 年 7 月毕业于陕西省交通职业技术学院公路工程检测与试验监理专业,同年 8 月被商洛公路管理局录用,2008 年结婚,算是正式安家在商洛了。工作九年来,一直奋战在公路工程施工一线,长期的项目试验检测工作已把王爱妮由一个女学生彻底锻造成了一个技术娴熟的工地试验室主任。难得的是,今日的爱妮却依然风度不减,优雅尚存,堪称施工队伍中的女人花。

　　记得去年,我们在初次准备迎国检工作时,省上领导建议把我局新做的微表处路段作为一个看点。当时要求工程科推荐一个熟知施工工艺的技术员来讲解,爱妮就是在这种情况下从施工一线走进了我的视野。第一次去现场，忐忑的她和我同坐一车，我和她聊起家里、孩子等话题。这才知道了她的状况。说起孩子，局促的她一下子变得温情而柔软起来，牵挂、内疚和担忧叫这个年轻的母亲十分纠结。她说实在难以平衡好照顾孩子和干好项目这两者之间的关系，女儿目前在商南，由婆婆照看着，长期的分离使得孩子和自己很是生疏了。说话间，目的地到了。那天本是试讲，只有我局几个人在场，可是一下车，爱妮却丝毫不马虎，她不仅用标准的普通话熟练地讲出了讲解词的内容，还加了富有人情味的开篇词和切合实际的结束语。短短3分钟的时间，在这个用心的讲解员的引导下，所有人都觉得过程是那么的流畅，尤其是我局邹局长对爱妮的表现大加赞赏。她的严谨和用心使现场的每一个人都对她刮目相看。

第二次在312沿线踏点到了商南，鉴于上次对她的了解，中午吃饭时，我特意安排车把她送回了家，想把这难得的相聚时分留给她和她两岁的女儿。懂事的爱妮为了不耽误大家的行程，回家后匆匆吃了饭，竟叫亲戚开着车，早早等候在我们返程的路边。开始时我们都不知道她的女儿也和她一起在车里，等她上了我们的车后，那辆送她的黑色轿车里突然传来一声稚嫩的声音："妈妈……"不用说，年轻的王爱妮早已是泣不成声，我坐在她边上，也跟着留下了眼泪。

后来的日子，我时时惦记着这个可爱的关中女子，有时打个电话，发个信息什么的，想用自己的关爱冲减一些她一人在商州生活的孤寂和不易。有一天，时任商洛公路局局长邹邵金在楼道对我说:"我今天在漫川工地看见王爱妮了,她已经晒得不像样了。"我知道我们的老局长是个慈爱之人,无疑,在他心里已经把这个女技术员当女儿一样关注了。我当时心里一热,就给她打了个电话,听说局长说起了她,爱妮当时就在电话里哭了,她说:"只要领导了解我们,再辛苦也值得。"

五四前夕,局里组织诗歌朗诵会,我一看他们单位报的名单里有她的名字,就对这个节目格外关注。正式比赛的那天,她穿着橘红色的拖地长裙,一如十八世纪俄罗斯小说中的女人,那样的优雅和迷人。看着台上的她,你无法相信这个人其实是一个雷厉风行的面层试验负责人。我坐在台下,想起她对孩子的牵挂,她长期在工地一线的辛苦,她每次出现时得体的穿着,漂亮的发式,不管什么样的状况,她都把自己最美好的一面呈现出来。她的表现叫我不由得对她多了一些敬重,真心祝愿她的未来会越来越好!

兔年的感动和愧疚

看日历翻过最后一页,心里五味杂陈一般。人过中年以后,是真的感受到了什么叫做时光催人老,春去冬来似乎就在转眼之间。尤其是今年,对所有商洛公路局的人来说,记忆中免不了的是忙碌和辛劳。作为全省"十一五"交通工作五年一次迎国检的必检市,全局上下从一开始就高点定位,以清醒的认识、高昂的工作热情、细致的工作效果,顺利完成了迎检任务。自己作为这个团队中的普通一员,饱尝了其中的甘苦以及细节带来的感动。

纵观商洛公路局的整个迎检工作,正是因为有了正确的定位,适当的表达方式,更重要的是,有许许多多可亲可敬的干部职工在自己的岗位上,朝着一个目标,做了大量艰苦而细致的工作,才使得总体迎检效果达到了使人"眼前一亮,心头一震"的良好印象。我自己作为一名宣传干部,虽然也付出了很多,三四月份都没有休过礼拜天,晚上加班司空见惯,失去了毕业二十年同学聚会的珍贵时机,几次取消了心脏复查的计划。可是,看着我们邹绍金局长不时用速效救心丸应对心脏不适,我们杨总工随身带着的那一大包药，我们卢会民副局长那被太阳晒得黝黑的脸，以及那些不分白天黑夜奋斗在一线，忍受着工作的艰难和身体伤痛的同事们，正是他们如行道树般坚毅的品质，三叶草般朴实的情怀，支撑着我们公路事业如日中天的景象。相比之下，我们宣传干部没有理由不像蜜蜂般辛劳，在自己有限的工作范围内，把对行业的深厚感情融进日常细碎的工作之中，平凡而勤奋地度过每一个日子。

在紧张的工作中，不得不疏远、冷落了许多身边的亲人和朋友，最对不起的是我的女儿。六月份，我连续到迎检看点上布置而无法在家做饭，孩子在外面吃饭直接导致了闹肚子。一开始我也没在意，吃了点药叫她继续上学，哪知后来竟直接引发了肠炎，吃什么吐什么，连水也不能喝了。老师埋怨，医生训斥，我又心疼又难过。只得把她带到医院连续打了一周的吊瓶才得以好转。另一个对不起的人就是我的父亲，我十二月份连续周日加班没有回家，年迈的父亲疑心我又生病住院了，特派侄子来家里确认，叮嘱务必要见到我本人。听了侄子的讲述，我难过的眼泪直流，立即打电话给父亲说明情况，想想长这么大了还要叫老父亲操心，我真是又抱歉又感动。

人生在世，也许只有亲情是最温暖最可靠的港湾了。春节临近，到处是赶着回家的人们，那些漂泊在外的，不管忍受了什么样的苦楚，只要想起家里的父母和亲人，心里总会认为一切都是值得的。在春运的人潮里，看那些背着大包小包脚步匆匆地走在回家路上的人群，总会叫人无限的感动。在年味越来越淡的今天,也许,只有亲情、团聚、温暖这些朴素而深远的词汇,才会激起人们最朴素的情感,不管时光怎样飞逝,平日里怎样的忽略和放任,亲情总在那里,任岁月流转而丝毫不减。所以不管工作多么繁重,为了深爱的人,我们都应该好好珍惜自己,唯有如此,才是对亲人最大的关爱,尤其对于上有老下有小的中年人来说,工作、生活、健康一样都不能少。在这辞旧迎新的时刻,我愿用最虔诚的心祈祷:愿所有亲人和朋友一切顺顺利利!

一条镶刻在记忆里的路

　　我的故乡是个离县城只有两公里的小村子，可别小看这短短的两公里，在没有通村水泥路的过去，乡亲们到城里都是顺着河道走的，尤其是到了夏季涨水以后，还真是一段极其艰难的历程呢。

　　我小时候，就因为还没有一条成型的路，来往极不方便，所以必须住校。那时最怕周日下午下雨，因为还要带一周的干粮去学校，而那时我去学校的路就是沿着河道走，雨稍大就要涨水，河水的高度只要高过膝盖就有危险，大人是绝不会叫孩子去冒险的，只有从山坡上绕道去学校了。

　　泥泞遍布的山坡也不是好走的，经常是黑压压的天色，淅沥沥没完没了的雨水，一个 12 岁的少女肩背沉重的干粮，深一脚浅一脚淹没在四合的暮色中。家越来越远，路又这么崎岖，心境自然难以晴朗。我总觉得我如今性格中的一些孤僻、自卑、执拗都是来源于小时候所走山路的经历。

　　那时候姐姐一家因为常年生活在柞水，加上拖儿带女，一年到头回家次数极少，只要一回到商州的家，姐姐总是急着回娘家。给姐夫留下极深印象的是走在夜晚的所谓的"路上",那时候生态还很好,水流充沛,在明亮的月光下,自小生长于城里的姐夫并不能判断那亮亮的是河水还是路面,用很重的力气踩在虚晃晃的水上,踉跄之态加上被水浸湿的鞋袜,那时的姐夫总是气急败坏的。多年以后,我结婚了,是姐夫自己对我的老公说起当初怨恨的心情的。当然那时的他,更多的是羡慕我和老公可以骑摩托车飞奔在已经建成的乡村水泥路上,而不用经历他们的"行路难"了。

现在的这条路始建于 1989 年,起初只有一点路基的雏形,在高于河道三、四米的地方,依着山势逐年完善,直到 2003 年铺上了水泥以后,才变成了一条真正像样的路,彻底摆脱了泥泞。那些把房子盖在路边的人自豪地享受着脚不沾泥的待遇。如今回家,路上的小汽车、摩托车、电动车司空见惯。已到中年的我,走在这条路上,总也难忘自己小时候沿河道走上走下的过往,真的非常羡慕如今的小一辈,他们就连打工也变得非常自在而方便了。我的堂兄每天开着小轿车来往于工地和家里,言谈之间是自然的满足和自豪。

时过境迁,今非昔比,面对交通状况日新月异的喜人变化,每一位交通人都是欣慰的。在享受着今天便捷通畅的出行方式的同时,在回忆里偶尔体味一下曾经的苍凉和不易,更会真正理解一条路对于一个家庭、一个人的意义。我们难以明确交通发展对于人民群众生活质量的改善和提高到底起了多大的意义,但是,对于个体而言,总有很多与路相关的具体而鲜活的回忆镶刻在成长的经历里。今昔相比,艰难、坎坷不再,便捷、通畅尽显。每一条路,不管在道路史上多么微不足道,对于经常走在其上的人来说,都具有非凡意义。

最近回家,欣喜地发现,通往家乡的那条水泥路,不仅装上了路灯,而且还布设了垃圾箱。这条路,正在由"畅安"走向"舒美",听着路边的乡亲们爽朗的说笑声,我是真的为这些年交通的发展而自豪,更对我们交通行业和同仁们的付出心生无限的感慨和敬意。

游走在乡间的心酸与感动

今年以来,因为参与党的群众路线教育实践调研活动,先后多次来到镇安县青铜关镇各村走访调研。于我,是第一次全方位地了解目前中国农村的生活现状,辛苦之余总有很深的感触。

这次再去,是专程送全局干部职工的捐款。根据调研回来的情况汇总,镇安这个地方寸土寸金,村民们致富门路少,见到的一些贫困户日子确实难捱,于是,我们在全局掀起了为他们捐款的善举。叫人感动的是,在目前行业发展艰难的前提下,我们的局属单位,尤其是一些施工企业的普通职工,依然慷慨解囊,共捐了 38000 元。虽然在分配的时候,看到贫困户的范围之大,分到每家也就是 1000 多元,实属杯水车薪,但是,这是大家的情义,一定得送到村民手中才是。于是,就有了本次的镇安之行。

为我们带队的是青铜关镇党委副书记张辉。这个 30 出头的年轻人一毕业就来到了乡镇政府,对老百姓的事情谙熟于心,一路上说东道西,始终没有离开村民的生活状态,不觉间就来到了第一户贫困户的家中。破败的房子预示着主人的窘迫,户主是个略有智障的中年人,没有成家,目前还和生病的老母亲相依为命,见到我们,只知讷讷的憨笑,也说不出什么话来,临别时突然来了一句:"感谢共产党。"不知是从哪里学的,还是村上的干部教的。

秋日的阳光一路伴着我们一家一户的走着, 中午时分来到了残疾人雷长城的家中。睡在床上的主人是个大腿以下都截肢的人,健全的大脑和残缺的躯体使他倍感人生的绝望,接过我们送去的 1500 元, 没有人帮忙就起不了身的他当即泪流满面,哽咽着说不出话来,只是一遍遍说着:"谢谢,谢谢。"听村干部介绍,我们才知道他的腿是在煤矿上受的伤, 当时只拿到了极少的赔偿就回家了,后面根据伤情的发展,为了保命不得已只好把双腿都截去了。看到生活无望,狠心的妻子离他而去,只留下了幼小的女儿,而当初的煤老板把自己推拖得一干二净。雷长城的生活从此进入到了暗无天日的境地,睡在床上,一分一秒感受着人世的凄惨和无奈。看他家的房子还比较像样,村干部说这是移民新村的房子,根据他家里的情况是无偿住进来的,目前他和孩子主要靠低保生活,也接受了一些民间爱心组织的帮扶和捐助。说话间我来到了灶房,里面有两个中年女人正在做饭,他的女儿不声不响地帮忙,孩子不到十岁的样子,眉宇间突出的是与年龄不符的成熟和懂事,两个女人是"镇安家园"爱心组织的成员,常年为这个家庭提供着力所能及的帮助, 今天就是专门来为我们做饭的。听到这一切,我心里沉重而又温暖,也加入到了做饭的行列,与两个大姐攀谈中知道了"镇安家园"是由县公安局几个爱心人士发起的,专门资助残疾家庭的一个民间组织,参与的都是些普通人。这些外表平平的乡间女人,用自己的慈爱滋养着身边这些受伤的家庭,温暖着他们悲观绝望的心灵。

那天中午,我们在雷长城家里和他们一起共进午餐。我们也想叫他知道,生活虽然给他安排了这么一个悲惨的现状,但依然有那么多的陌生人牵挂他陪伴他,尤其是他的女儿,将是这个家庭唯一的希望。吃饭的时候,我很想和孩子多交谈几句,又怕伤了小姑娘的自尊,只有在心里默默祝福她:好好学习,健康成长!

在农村,因病致贫的现象是大量存在的,在我们捐助的户数里比例就超过了 80%。虽然目前的农民看病也参加了医保,但是对于这些遭遇了灭顶之灾的家庭依然显得微乎其微。从镇安回来以后,我还会经常想起这些人,惦念他们的现状。冬季就要来了,不知他们一切可好?

又见樱桃红

在 312 国道商洛段,丹凤以东有一个叫桃花铺的地方,这里的村子一年四季都很沉默,年轻人都外出打工去了,只有一些老人和孩子留守在村子里。樱桃树、鸟儿、杂草、寂静的浓荫、空空的房子,一切都显得年深日久。只有在绿树成荫的暮春夏初,在樱桃成熟的季节,那些过往的车辆会在路边的樱桃摊前停下来,村子因樱桃的吸引而短暂的热闹一些。

近日出差到商南,早早完成了任务,归程中倍感轻松,在同事的建议下,我们沿着国道来到了桃花铺。这一段路边的小摊很多,都是刚摘下的新鲜樱桃,颗颗红如玛瑙,个个鲜艳欲滴,叫人不知买哪个好。在一个老妇人的摊前,经过简单的问价,我们慷慨地把一大篮子樱桃都买了,老人高兴地和我们交谈着,慈祥地为我们装袋并叮咛着保管方法。哪知上车只走了几步,又遇见了另外一家。摊主是个略显痴呆的老年男性,说话很是迟缓,但是他的樱桃显然更好一些,于是,我们又下车,以同样的价钱再买了一些。这时,刚才那个妇人过来了,关切地问:"卖了?"男的答道:"卖了。"女的说:"卖了好,可以换些油和肉了。"

听着他们简单的对话，我的心里涌起的是深深的悲悯，他们是那么的弱小、衰老而无奈。外面的世界有多么的繁华，多么的精彩，似乎和他们没有多少关系，他们关心的只是树上的樱桃可以换回多少钱，可以解决多少实实在在的生活问题。难得的是，这种无奈和清贫在他们身上又表现的如此平静。也许他们的儿女都在外地，而这些渐渐被岁月遗忘的老人，只在有限的空间里打发着自己的时光。我知道，我是一个除了文字两手空空的人，在我的一生中，无论怎样强烈的同情和憎恨，其力量和范围都是很有限的，只好用最关切的心目送着这两个老人走向自己的家门前。

樱桃年年出现，它离我们的生活是如此之近，而人活着，是应该用自己微不足道的文字偿还大地对人的深厚情谊的。不仅仅是樱桃，有时我觉得大地上任何的一草一木，都是一个个在尘世上一路辗转轮回着的灵魂。它们的一枝一叶，饱含生命的汁液，单纯而又神秘，在悠悠长风中摸上去无限清凉。我知道，这是它们灵魂超凡脱俗的体温。因此，我对它们充满了亲切和敬畏之情。

樱桃的花盛开时比雪花更轻盈，果实比花朵更鲜艳。五月初，樱桃就红了，那小小的精灵玲珑圆润，像瓷器。像美玉，里面仿佛贮满了从远古的天空遗传下来的一个个清晨的阳光和黄昏的晚霞。又像是一个个火红的心脏，似乎一个心脏不够来热爱这太迅速的春天，这太迅速的一生，必须用无数个红彤彤的心脏来热爱。所以，枝头的樱桃齐刷刷地下垂着，尽量向着土地的方向——果实就是用这种方式来感恩的。

　　能够拥有一块小小的土地来扎根,对于草木来说,是一件多么幸福和幸运的事,因此,它们在自己的世界里生的茁壮、健康、美好而又单纯。当你在风尘仆仆的生活中四处奔波,疲惫不堪的时候，就来到这些无言的樱桃树下，看看那些朴素而高贵的果实,若是像我一样再遇上一两个原始古朴的村民,一定会让你不仅获得口福,而且也会获得心灵的滋润。

直面贫困

从镇安回来几天了，脑海里久久不能挥去的是村民段登魁的眼神。

那是一双除了绝望再也没有内容的眼神，与明媚的春日阳光格格不入，更无法传达一个 49 岁的中年男人对生活应有的信心和热情。面对我们翻山越岭的辛苦，他以木然和平静表达了内心的淡漠，没有期望中的客套，更谈不上感激。

虽然一路走来，领路的村干部已为我们做了足够的铺垫，但是，真正走到目的地，看到段登魁所谓的家，我的心里依然还是有些许的震惊。两间土坯房，一头猪，一个病妻，一个 10 岁的小女儿是这个男人在世上所拥有的全部。这个 49 岁的农民，经过了疾病、车祸的不断造访，目前是一个身患三种病，手持双拐，连行走都很吃力的人。

村干部介绍了我们的来由后，他无奈地说起了自己的惨痛经历，语气平静，神情淡定。他的妻子，一个被乡间的土接生婆损坏了尿路神经的可怜女人，从当母亲的那一刻起，就和不幸接上了头，从此羞于见人，拖着长期被尿液浸湿的两条腿，陪着病魔缠身的丈夫。我们到的时候,她正穿着长筒靴站在猪圈里,用一把铁锨艰难地把猪粪往外铲着。看到陌生人的到来,她讪讪地不知所措,想走近我们,又觉得自己满身臭味,想进门换衣服又觉得有失礼仪,只得远远地坐在离我们有一点距离的房檐下,自卑地看着地面。

按照来时的任务,我们要走进贫困户的家中,了解他们的现状,商量可行的脱贫方案,帮助他们尽快走出困境。此时此刻,看到他们夫妻两个的身体状况,似乎说起脱贫致富这样的话题有些突兀。任何的脱贫方式都需要一定的人力和物力投入,面对家徒四壁的境况和基本难以自理的身体状况,致富对他们注定只能是画饼充饥般的遥远,但是作为市委政府的一项举措,帮助他们脱贫是我们的职责。出身于农家,富有基层工作经验的副局长卢会民亲切地拍了拍段登魁的肩膀,以尽量随和的语气说:"没事的,老段,今后的日子会越来越好的,孩子慢慢就长大了,政府也会增加关心你们的力度,你自己还有啥具体想法?"老段沉默了好一会,讷讷地说:"搞啥都不现实,目前就想再买上两只母猪,再搭建一处猪舍,叫妻子一个人慢慢养着,靠卖小猪娃可以换些吃药的钱回来就不错了。"问他盖一处猪舍,买两只母猪需要多少钱,他随口就说需要 3000 多元就够了,可见他心里一直在算计着这个。

如果不是亲临现场,我们真的难以相信,3000 元对这个家庭来说,就会形成一个巨大的障碍,叫一个本该顶天立地的男人日思夜想。他说每月 300 元的低保只能维持基本生活,他和妻子的药费都是在牙缝里抠出来的。

坐在低矮的房屋前,谈论着贫困这个沉重的话题,我们心里真的无法轻松。虽然我们都沐浴着春日的暖阳,但是他们吸收的热量太有限了,我们的到来也许会带给他们被关注的温暖,也许会叫他们感到人与人之间巨大的差距而倍感绝望,所以我们一直保持着小心翼翼。我又问了一下他 10 岁的女儿,他说孩子 10 岁,在住校,问他叫什么名字在哪个学校,他以沉默应对,我也不敢再追问,怕伤了他脆弱的自尊。

回来的路上,我们心情都很沉重,不知那个饱受贫困之苦的女孩是怎样的现状。我心里默想着,下次来一定要去看看他的女儿,个人的力量固然有限,但是给幼小的心灵传递一些温暖的情义还是能做到的。李克强总理说,贫穷不能代代相传。对于落后的陕南地区,确实不是一个好解决的问题。

只愿段登魁小小的、关于养猪的愿望能够早日实现,也愿他的女儿能够健康成长!